森まゆみと読む　林芙美子「放浪記」

森　まゆみ

集英社文庫

目次

大正14年頃、女給時代

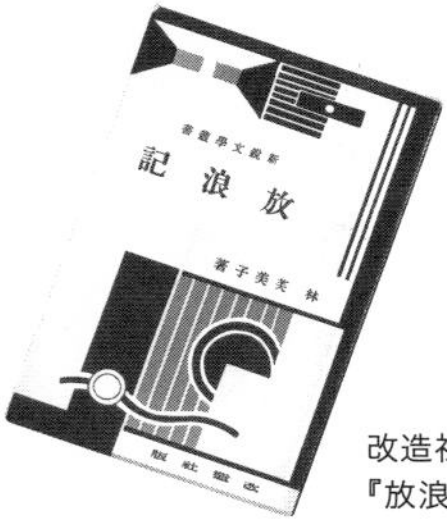

改造社版
『放浪記』

森まゆみと読む

林芙美子「放浪記」

はじめに

林芙美子は大正末期から昭和初期にかけて、彼女が十代から二十代の初め、女一人で東京という都市の底に生きていた。

私が彼女のことを知ったのは、一九六四（昭和三十九）年、十歳の時。東京オリンピックが開かれたその年、ＮＨＫの朝の連続テレビ小説は「うず潮」だった。林芙美子の『放浪記』『うず潮』が原作で、林美智子という似たような名前の女優さんが主役を演じていた。風呂屋の番台で丸メガネをかけて本を読む姿が、目の底に残っている。その年、夏の甲子園では鳴門《なると》高校の「うず潮打線」が活躍し、電気洗濯機の名前にも「うず潮」とつけられた。

「放浪記」は戦前にも舞台にかかったが、一九六一年、著者の林芙美子と交友のあった劇作家菊田一夫によって芝居に組まれ、芙美子の役は森光子という女優の当たり役となり、二千回以上も演じられた。「でんぐり返しができなくなったら女優はやめる」。森光子のそんな言葉も有名になり、林芙美子が死後も忘れられないきっかけとなった。『放浪記』には、ものすごく厳しい生育歴を持つけれど、とてもタフで元気な、ひたむきな娘の姿がある。原作を読まないのは惜しい。

現在、一番よく読まれている新潮文庫版の『放浪記』を、私は中学生の頃から何度も読んできた。私の知っている、東京の東にある根津《ねづ》神社、動坂《どうざか》、田端《たばた》、神明町《しんめいちょう》、本郷《ほんごう》、千駄木林町《せんだぎはやしちょう》、白山《はくさん》の南天堂《なんてんどう》などが出てくる。もちろん西の方、新宿や世田谷も出てくる。林芙美子はその昔、私の町をうろうろしていた女性なんだな、と思った。

しかしその本は読みにくかった。順序にまるで脈絡がないのだ。ずいぶん後になってこの本の元となった雑誌「女人藝術」の連載（一九二八年十月～一九三〇年十月）と、戦前の改造社版（一九三〇年）『放浪記』も比較して読み直してみた。他にも『放浪記』は様々な版元から繰り返し出ている。

そうすると初出連載から改造社版の間でも順序が相当入れ替わっている。「季節にぴったりするものを日記『赤いノート』から書き抜いて連載したが、改造社に入れる時にはほぼ、時系列に並べ替えた」と著者は言う。そして改造社版がベストセラーになると、連載の残り六章と「ノート」からまた書き出して作品化し、一九三〇年十一月に『続放浪記』と銘打って間髪いれずに出版した。さらに戦後、一九四九年になって、戦前、戦中には戦争や天皇に関して発言できなかった部分を含む原稿を書き出して『放浪記第三部』を留女書店から出した。戦前は当局の検閲があり、書くものによっては発売禁止になったり、伏せ字にさせられたりして、自由に書くことはできなかった。今の新潮文庫版はこの正続、そして第三部を合体したものである。しかも林芙美子自身が、何度にもわたって内容にも相当手を入れている。

尾道《おのみち》から、恋人を追って出てきた十八歳の少女、その己《おの》が実像を、成功した作家の芙美子は隠したくなったのだろう。元の表現は、なんて幼くて、まっすぐで、健気《けなげ》で、元気なんだろう。そこには非正規労働者として一人で生きる、若い不服従な女の命のほとばしりがある。そのなまな表現、威勢の良い啖呵《たんか》は読んでいて気持ちよい。

新潮文庫版ではそれは消えてしまったように思う。作家らしいインテリ風のなだらかな、知的な、過去形のお話になっている。

ぜひ元の形の『放浪記』を読んでもらいたい。今、生きにくさを抱えながら、一人生きている若い女性に、いや若い男性にも、ぜひともこの現在進行形の、世を呪う、小気味よい啖呵を聞いてもらいたい。そう思って再び、最も時系列に近い改造社版の『放浪記』を解説付きで世に出すことにした。

本書は十六年前にみすず書房から「大人の本棚」の一冊として出たのだが、このたび、集英社の求めにより、文庫化することになった。当時の社会や地誌を踏まえた鑑賞を各章につけるようにとの希望に応じ、巻末の解説は大幅に書き直した。本当は、第三部までですべて収めたかったのだが、それではあまりに大部になる。『続放浪記』の中で一番生彩のある、関東大震災を根津で体験した一章だけ、最後に付録として加えることにした。

林芙美子の生い立ち——出生の事情

林芙美子は生まれた年も場所も判然としない。戸籍上は一九〇三（明治三十六）年十二月三十一日、名前はフミコ。出生届は翌年一月五日鹿児島で、母林キクの婚外子として届けられている。だが、本人は五月の晴れた日に下関《しものせき》で生まれた、と書いたり、明治三十七年生まれと書いたりしている。実際、生まれたのは門司《もじ》市小森江《こもりえ》らしい。要するに彼女にとってはそんな細かい事実はどうだっていいのだ。しかも一九一四年の桜島の大噴火で原戸籍が紛失し、また転籍もあってあやふやになってしまった。

父は伊予出身で、下関でテキヤをしていた宮田麻太郎、当時二十一歳。鹿児島桜島の古里《ふるさと》温泉に行商で滞在中、宿を手伝っていたキクを身ごもらせた。キクはそもそも鹿児島で薬用紅を商う紅屋の娘であったが、弟の久吉が桜島で自炊温泉宿を経営していたので、それを手伝っていた。久吉は林家の養子だともいう。

キクは麻太郎より十四年上の三十五歳だった。その前にも別の男との間に複数の子供を産んでいる。桜島に行くと芙美子の銅像と「花のいのちはみじかくて苦しきことのみ多かりき」という知られた一節の石碑があった。旅館はずっと前に廃業したそうである。「母方のおばあさんに預けられて随分苦労したんでしょう。山の枯れ木を拾って暮らしていたそうじゃないの」と土地の人に聞いた。

「私は宿命的に放浪者である。私は古里を持たない」

という冒頭の一節の中に、この古里温泉の名前が隠されている。『放浪記』の本文では、ふるさとに古里の字をよく当てている。

キクは他国ものと一緒になって桜島を追放され、門司で芙美子を産み、麻太郎と下関に落ち着いた。父麻太郎はきっぷのいい男前で、商才があって、「軍人屋」という質物を扱う店を構え、三年後に若松に戻り、長崎、熊本にも支店を出した。子煩悩で芙美子をかわいがったのに認知はしなかった。彼女が七歳の時に、天草から来た浜という芸者を家に入れたので、母キクは芙美子を連れて家を出、長崎に移った。しかし二人ではない。

番頭だった岡山出身の澤井喜三郎という、今度はキクより十九歳も下の男と三人である。この人は、芙美子によれば「実直過ぎる程の小心さと、アブノオーマルな山ツ気」

を持つ人だった。いっぽう、林芙美子の苦闘時代の盟友、平林たい子は芙美子と母親との深い絆《きずな》、二人が体つきもそっくりであったことについて証言し、キクのことを「このひと程、男性のよさを深く知ってその海に溺れた女はあるまい」と言っている。

そして三人は九州北部の炭坑地帯を行商して回る。それについては本書の序章「放浪記以前」に描かれている。

尾道時代の芙美子

一九一六（大正五）年、長い行商生活の後、三人はようやく尾道に定着した。

これについては「風琴と魚の町」という極上の自伝的短編があって、車窓から「降りてみんかやのう」「綺麗《きれい》な町じゃ」と思いつきで尾道に降りたと書いてある。しかし、尾道市立図書館に長らく勤務された清水英子さんは、下関から山陽本線上りできたとすれば、そんな観察をしている暇はないという。

一家は計画的に下関を引き上げ、尾道の商人、横内種助を頼って落ち着いたのではないか。尾道でも一家は十二回も転居した。この時代は木賃宿《きちんやど》ではなく、二階の貸し間が多く、その一つ、「うず潮小路《こうじ》」と名付けられたところにあった旧居が、民間の「おのみち林芙美子記念館」として公開されている。

尾道は素晴らしい寺があり、坂道があり、瀬戸内の内海に面して今も美しい町である。ここで母娘は辛子レンコンの天ぷらを分け合って食べ、「章魚《たこ》の足が食いたかなア」と芙美子はねだる。義父は軍服まがいの服を着て薬の行商をしていた。

十三歳の芙美子は尾道第二尋常小学校（今の土堂《つちどう》小学校）五年に編入した。学校に行かなかった時期もあるので、普通より二年遅れている。ここで小林正雄という教師が芙美子の作文や絵の才能を見出《みいだ》して、女学校進学を勧めた。

六年生の頃、因島《いんのしま》出身で、忠海《ただのうみ》中学校の生徒、岡野軍一と出会う。『放浪記』に「島の男」として出てくる芙美子初恋の人であった。尋常小学校六年というとませているようだが、二年遅れの十四歳である。二人が出会った陸橋も残されている。「芙美子は木柵にもたれて本を読んでいた。ものをよく知る、面白い子が鉄橋にいる、というので岡野が見に行ったのが始まりです」と清水さんに伺った。

一九一八年に、芙美子は尾道市立高等女学校（今の尾道東高校）に五番で合格、月謝が月に二円かかるので、夜は帆布工場、夏休みには神戸に女中奉公に行ったりして学業を続けた。ほとんどの時間を図書室で読書にふけったという。詩が好きになった。恋愛関係が進み、成績は低迷したが、友人たちは「楽天的で茶目っ気の多い」芙美子に一目置いた。また森要人、今井篤三郎という二人の教師が、芙美子の作文の才能をみとめ、今井は弁当のない芙美子のために二つ弁当を作って持ってくるほどであった。この教員は芙美子のことを「背が低く、丸顔で、度のきついメガネを団子鼻の上にズラしたその風貌は、印象的ではありましたが、はなはだ垢抜《あかぬ》けのしない、素朴な感じでした」(今井篤三郎追悼集「樫《かし》の実」)と述べている。四年生、十八歳の時には秋沼陽子の名前で「山陽日日新聞」などに短歌や詩を投稿し、掲載された。

そしていよいよ、恋人を追って上京した芙美子の放浪の幕が切って落とされる。

林芙美子『放浪記』（改造社版）
——各章に森まゆみによる鑑賞つき

大正11年3月、卒業直前

放浪記以前——序にかへて——

△

北九州の或《あ》る小学校で、私はこんな歌を習つた事があつた。
　更けゆく秋の夜　旅の空の
　佗《わび》しき思ひに　一人なやむ
　恋ひしや古里《ふるさと》　なつかし父母《ちちはは》
私は宿命的に放浪者である。
私は古里を持たない。
私は雑種でチヤボである。
父は四国の伊予の人間で、太物《ふともの》の行商人であつた。
母は、九州桜島の温泉宿の娘である。
他国者《たこくもの》と一緒になつたと云《い》ふので、母は鹿児島を追放されて、父と落ち着いたところは、馬関《ばかん》の下関であつた。私が始めて空気を吸つたのは、その下関である。

両方の故郷に入れられない、両親を持つ私は、したがつて旅が古里である。それ故、渡り者である私は、この恋ひしや古里の歌を佗しい気持ちで習つた。

八つの時、私の可憐な人生にも、暴風を孕《はら》むやうになつた。

若松で、太物の糶《せり》売りをして、かなり財産をつくつてゐた父は、長崎の沖の、天草から逃げて来た、浜《はま》と云ふ芸者と一緒になると、雪の降る旧正月を最後として、母は私を連れて家を出てしまつた。

若松と云ふところは、渡し船に乗らなければ、行けないところだと覚えてゐる。

今の父は複数である。

これは岡山の人間で、実直過ぎる程の小心さと、アブノオーマルな山ツ気とで、人生の半分は苦労で埋れてゐた。

私は連れ子になつて、此《この》父と一緒になると、ほとんど住家《すみか》と云ふものを持たないで来た。どこへ行つても木賃宿である。

――お父《とつ》つあんは、家が好かんとぢや、道具が好かんとぢや……。

母は私にこう教へてくれた。

そこで、人生いたるところ木賃宿ばかりの思ひ出を持つて、私は美しい山河も知らないで、義父と母に連れられて、九州一円を転々行商してまはつた。

私が小学校と云ふ、結構な遊び場を持つたのは長崎である。ざつこく屋と云ふ木賃宿から、その頃流行の改良服と云ふのをきせられて、南京町《なんきんまち》近くの小学校へ通つた。それを振り出しに、佐世保《させぼ》、久留米《くるめ》、下関、門司、戸畑《とばた》、折尾《おりお》と言つた順に、四年の間に、七度きりきり舞ひさせられて、私には親しい友達が一人も出来ない。

——お父つあん、俺《おら》アもう、学校さ行きとうなかバイ……。

せつぱつまつた思ひで、断然私は小学校を蹴とばしてしまつた。

それは丁度、直方《のおがた》の炭坑町にうつり住んだ私の十二の時であつた。

——ふうちやんにも、何か売らせませうたいなあ……。

遊ばせてはモツタイナイ年頃である。

△

直方の町は明けても暮れても、どす黒い空であつた。

砂で漉《こ》した鉄分の多い水で、舌がよれるやうであつた。大正町《たいしょうまち》の馬屋と云ふ木賃宿に落ちついたのが七月。父達は相変らず、私を宿に置きつぱなしにすると、荷車を借りて、メリヤス類、足袋、新モス、腹巻、さういつた物を行李《こうり》のまゝのせて、母が後押しで炭坑や、陶器製造所へ行商に行つてゐた。

始めての見知らぬ土地である。

私は三銭の小遣を兵古帯《へこおび》に巻いて、町に出た。

門司のやうに活気のある街でもない。長崎のやうに美しい街でもない。佐世保のやうに女が美しくもない。

骸炭《がいたん》のザクザクした道をはさんで、煤《すす》けた軒が不透明なあくびをしてゐる。

駄菓子屋、うどんや、屑屋《くずや》、貸蒲団屋《かしぶとんや》、居酒屋、まるで荷物列車だ。その店先きには、町を歩いてゐる女と正反対の、これは又不健康な女達が、尖《とが》つた目をしてゐた。

七月の暑い陽《ひ》ざしの下を通る女は、汚れた腰巻きと、袖のない襦袢《じゆばん》きりである。

夕方になると、シヤベルを持つた女や、空《から》のモッコをぶらさげた女の群が、三々五々哄笑《こうしよう》して行く。

いゝ、いゝ、いゝ、
おいとこさうだよの唄にも花が咲く。

私の三銭の小遣は双児美人の豆本と、氷饅頭《こおりまんじゆう》二つで消えてしまつた。

間もなく、私は小学校へ行くかはりに、須崎町《すさきまち》の粟《あわ》おこし工場《こうば》に、日給弐拾参銭で通つた。その頃、笊《ざる》をさげて買ひに行つてゐた米が、たしか拾八銭だつたと覚えてゐる。

夜は近所の貸本屋から、腕の喜三郎や、横紙破りの福島正則、不如帰、なさぬ仲、渦巻などを借りて読んだ。

そうした物語りの中から、何をひらつたか？　メデタシ　メデタシの好きな、虫のいゝ空想と、ヒロイズムとセンチメンタリズムが、海綿のやうな頭をひたしてしまつた。

私の周囲は朝から晩まで金の話である。

私の唯一の理想は、女成金になりたい事だつた。

雨が何日も降り続いて、父の借りた荷車が雨にさらされると、朝も晩も、かぼちゃ飯で、茶碗《ちゃわん》を持つのが淋《さび》しくなつた。

△

此木賃宿には、通称シンケイ（神経）と呼んでゐる、坑夫上りの狂人が居て、ダイナマイトで飛ばされて馬鹿になつた人だと宿の人が云つてゐた。

毎朝早く、町の女達と一緒にトロッコ押しに出かけて行く、気立の優さしい狂人である。

私は此シンケイによく虱《しらみ》を取つてもらつた。

彼は後で支柱夫《しちゅうふ》に出世した。

外《ほか》に、島根の方から流れて来てゐる、祭文《さいもん》語りの義眼《いれめ》の男や、夫婦者の坑夫が二組、まむしの酒を売るテキヤ、親指のない淫売婦、サーカスよりも面白い集団である。

——トロッコで圧《お》されて指取つた、云ひよるけんど、嘘《うそ》ばんた、誰ぞに切られたつとぢやろ……。

馬屋のお上さんが、片眼《かため》でニヤリと笑ひながら母にかう云つてゐた。或る日、此指のない淫売婦と、風呂に行つた。

ドロドロの苔《こけ》むした暗い風呂場である。

腹をぐるりと、一巻きして、臍《へそ》のところに朱《あか》い舌を出した蛇の文身《いれずみ》をした女、私は九州で始めてこんな凄《すご》い女を見た。

私は子供故、しみじみ正視して薄青い蛇の文身を見た。

木賃宿の夫婦者は、たいてい自炊で、自炊でない者達も、米を買つて来て焚《た》いてもらつてゐた。

八月である。

ほうろくのやうに暑い直方の町角に、カチウシヤの絵看板が立つやうになつた。

異人娘が、頭から毛布をかぶつて、雪の降つてゐる停車場で、汽車の窓を叩《たた》いてゐる図である。

すると間もなく、頭の真ん中を二つに分けたカチウシヤの髪が流行《はや》つて来た。

カチウシヤ可愛《かわい》いや　別れの辛《つら》さ
せめて淡雪　とけぬ間に
神に願ひを　ラ、かけませうか

なつかしい唄である。好ましい唄である。

此炭坑街に、また〻く間にカチウシヤの唄は滲透《しんとう》してしまつた。ロシヤ女の純情な愛恋、私は活動を見て来ると、非常にロマンチックになつてしまつた。浮かれ節（浪花節）より他芝居小屋に連れて行つてもらへなかつた私が、たつた一人で隠れて、カチウシヤの活動を見に行つたのである。

当分は、カチウシヤで夢見心地であつた。

石油を買ひに行く道の、白い夾竹桃《きようちくとう》の咲く広場で、町の子供達と、カチウシヤごつこや、炭坑ごつこをして遊んだ。

炭坑ごつこの遊びは、女の子はトロツコを押す真似《まね》をしたり、男の子は炭坑節を唄ひながら土をほじくつて行くのである。

△

私はハヽツラツヽとしてゐた。

一ケ月ばかり努めてゐた。粟おこし工場の廿三《にじゆうさん》銭也にもさよならをすると、私は父が仕入れて来た、ヒネ物の扇子を鼠色《ねずみいろ》の風呂敷に脊負つて、遠賀《おんが》川を渡り隧道《とんねる》を越して、炭坑の社宅や、坑夫小屋に行商して歩いた。

炭坑には、色々な行商人が這入《はい》り込んでゐた。

――暑うしてたまらんなア。

私には、かうして親しく言葉をかける相棒が二人あつた。

松《まつ》ちやん、これは香月《こうげつ》から歩いて来る駄菓子屋で、可愛い十五の少女であつたが、間もなく、青島《ちんとう》へ売られて行つてしまつた。

ひろちやん、干物屋の売り子で、十三の少年だが、彼の理想は、一人前の坑夫になりたい事だつた。

酒が呑《の》めて、ツルハシを一寸《ちよつと》高く振りかざせば人が驚くし、町の連鎖劇は見られるし、月の出た、遠賀河のほとりを、私はこのひろちやんの話を聞きながら帰つた。

その頃均一と云ふ言葉が流行つた。

私の扇子も均一で拾銭、鯉《こい》の絵や、七福神、富士山、骨はがんじような奴《やつ》が七本ばかりついてゐる。毎日平均二十本位は片づけていつた。

緑色のペンキのはげた社宅の妻君よりも、坑夫長屋をまわつた方がはるかに扇子はさばけていつた。

外《ほか》に、ラツパ長屋と云つて、一棟に十家族も住んでゐる鮮人長屋があつた。アンペラの畳の上には、玉葱《たまねぎ》をむいたやうな子供達が、裸で重なりあつて遊んでゐた。烈々とした空の下には、掘りかへつた土が口を開けて、ゴロゴロ……雷のやうに遠くではトロツコの流れる音が聞える。

昼食時《ちゆうじきどき》になると、蟻《あり》の塔のやうに材木を組みわたした、坑道口から、泡のやうに湧いて出る坑夫達を待つて、扇子を売りに歩いた。

坑夫達の汗はリンリとした、水ではなく、黒い飴《あめ》である、今、自分達が掘りかへした石炭土の上に、ゴロリと横になると、バクバクまるで金魚のやうに空を食つた。

ゴリラの群である。

美しく光つてゐるものは、ツルハシの尖光《せんこう》だ。

只《ただ》動いてゐるものは、棟を流れて行く昔風なモツコである。

昼食《ちゆうじき》が終るとあつちからも、こつちからもカチウシヤの唄が流れて来る。

やがて夕顔の花のやうなカンテラの灯《ひ》が、パアパアと地を這うと、ブウ……警笛《サイレン》の音だ、

国を出るときや玉の肌……

何でもない唄声であるが、もうもうとした石炭土の山を見てゐると真実切ないものがある。

扇子が売れなくなると、私は一つ壱銭のアンパンを売り歩くやうになつた。炭坑まで小《こ》一里の道程《みちのり》を、よく休み休みアンパンをつまみ食ひした。

父はその頃、商売上の事から、坑夫と喧嘩《けんか》して頭をグルグル手拭で巻いて宿にくすぼつてゐた。

母は多賀《たが》神社のそばでバナ、の露店を開いた。

無数に駅からなだれて来る者は、坑夫の群である。

一山いくらのバナ、は割合によく売れて行つた。

アンパンを売りさばいて、母のそばへ籠を置くと、多賀神社へ遊びに行つた。そして大勢の女や男達と一緒に、私も馬の銅像に祈願をこめた。いゝ事がありますやうに――。

多賀さんの祭りには、きまつて雨が降る。多くの露店商人達は、駅のひさしや、多賀さんの境内を行つたり来たりして空を見た。

十月、炭坑《やま》にストライキがあつた。

街中は、ジンと鼻をつまんだやうに静かになると炭坑から来る坑夫達だけが殺気だつて活気があつた。

ストライキ、さりとは辛《つら》いね
私はこんな唄も覚えた。

炭坑のストライキは、始終で、坑夫達はさつさと他《た》の炭坑へ流れて行く。そのたびに、町の商人とのカケは抹殺されてしまふので、めつたに坑夫達には、貸して帰へれなかつた。

だが坑夫相手の商売は、てつとり早くて、ユカイだと商人達は云つてゐた。

△

——あんたも、卅《さんじゆう》過ぎとんなはつとぢやけん、少しは身を入れてくれんな、仕用がなかもんなた……。

私は豆ランプの燈《ひ》かげで、一生懸命ジゴマを読んでゐた。裾にさしあつて寝てゐる母が父にかうつぶやいてゐた。

外は雨である。

——一軒、家《うち》ちゆうもん、定《き》めんとあんた、こぎやん時困るけんな。

——ほんにヤカマシかな
父が小声で怒鳴ると、あとは又雨の音だ。

指の無い淫売婦だけは、いつも元気で酒を呑んでゐた。

――戦争でも始まるとよかな。

此淫売婦の持論は、いつも戦争の話だつた。

人がどんどん死ぬのが気味がいいと云つた。此世の中が、煮えくり返へるやうになるとい丶と云つた。炭坑《やま》にうんと金が流れて来るとい丶と云つた。

――あんたは、ほんまによか生れつきな。

母にかう云はれると、指の無い淫売婦は、

――叔母つさんまで、そぎやん思ふとんなはると……。

彼女はいつぱい…………………を、窓から投げて淋しさうに笑つてゐた。

廿五だと云つてゐたが、労働者上りらしいプチプチした若さを持つてゐた。


十一月の声のか丶る時であつた。

黒崎《くろさき》からの帰へり道、父と母と私は、大声で話しながら、軽い荷車を引いて、暗い遠賀川の堤防を歩いてゐた。

――お母《つか》さんも、お前も車へ乗れや、歩くのあしんどいいぞ……。

母と私は、荷車の上に乗つかると、父は元気のい丶声で唄ひながら、私達を引いた。

秋になると、星が幾つも流れて行く。

もうぢき、街の入口である。

後《うしろ》の方から、「おつさんよつ！」と呼ぶ声がする、渡り歩るきの坑夫らしい。父は荷車を止めて「何ぞ！」と呼応した。

二人の坑夫が這ひながらついて来た。二日も食はないのだと云ふ、逃げて来たのかと父が聞いてゐた。

二人共鮮人である。

折尾まで行くのだから、金を借してくれと何度も頭をさげた。父は沈黙《だま》つて五拾銭銀貨を二枚出すと、一人づゝ握らせてやつた。

堤の上を冷い風が吹いて行く。茫々《ぼうぼう》とした二人の鮮人の頭の上に星が光つて、妙にガクガク私は震へたが、二人共壱円もらふと、私達の車の後を押して、長い事沈黙《だま》つてついて来た。

父は祖父が死んで、岡山へ田地を売りに帰へつて行つた。

少し資本をこしらへて来て、唐津物《からつもの》を糶《せり》売りしてみたい、これが唯一の目的であつた。

何によらず、炭坑街で、てつとり早く売れるものは、食物《たべもの》である。

母のバナ、と、私のアンパンは、雨が降りさへしなければ、二人の食べる位は上つて行つた。馬屋の払ひは月弐円弐拾銭で、今は母も家を一軒借りるより此が方が楽だと云つてゐた。

だが、どこまで行つてもみじめすぎる私達であつた。秋になると、神経痛で母は何日も商売を休むし、父は田地を売つてたつた四拾円の金しか持つて来なかつた。

父はその金で、唐津焼を仕入れると、佐世保へ一人で働きに行つてしまつた。

——ぢき二人ば呼ぶけんのう……。

父は陽に焼けた厚司《あつし》一枚で汽車に乗つて行つた。

私は一日も休めないアンパンの行商である。雨が降ると、直方の街中《まちなか》を軒並にアンパンを売つて歩いた。

私には、商売は一寸も苦痛ではなかつた。一軒一軒歩いて行くと、五銭、弐銭、参銭と云ふ風に、私の帆布《ほぬの》でこしらへた財布にお金がたまつて行く。そして私がどんなに商売上手であるかを、母に賞《ほ》めてもらふのが楽しみであつた。

私は弐ケ月もアンパンを売つて母と暮した。

或る日、街から帰ると、美しいヒワ色の兵児帯を母が縫つてゐた。

——どぎやんしたと……。

私は驚異の瞳をみはつた。四国のお父つあんから送つて来たのだと云つた。私はなぜか胸がときめいた。

間もなく、呼びに帰へつた義父と一緒に、私達三人は、折尾行きの汽車に乗つた。

毎日あの道を歩いたのだ。遠賀川の鉄橋を越すと、堤にそつた白い路《みち》が暮れそめて、私の目にうつつてゐた。白帆が一ツ川上へ登つてゐる、なつかしい風景である。

汽車の中では、金鎖や、指輪や、風船、絵本などを売る商人が、長い事しやべつてゐた。

父は赤い玉のはいつた指輪を買つてくれたりした。

あれから拾何年、今だに私は人生の放浪者である。不惑をすぎた義父は、相変らず転々関西の田舎を母を連れて放浪してゐる。女成金になりたい直方時代の理想は、今では一寸話《いつすんはなし》である。

放浪記以前――序にかへて――

雑誌「改造」一九二九年十月号に執筆され、一九三〇年の改造社版『放浪記』の冒頭に、「放浪記以前」のタイトルで収められた。

大人になる前の時間を、林芙美子はここで書いている。それは九州でも「カチューシャの唄」が流行《はや》ったというのだから、一九一四（大正三）年、劇団「芸術座」の第三回公演「復活」の中で、女優松井須磨子《すまこ》が歌って一世を風靡《ふうび》した頃だろう。とすれば芙美子十一歳である。

「私は雑種でチヤボである」このなんとも言えない正直な自己認識を、作家となった彼女は削ってしまった。鹿児島の女と伊予の男の間に生まれた非嫡子が「雑種」という表現になり、芙美子の容姿は小柄で丸々とした「チャボ」に似ていたかもしれない。

小学校に上がったのは長崎。この勝山尋常小学校はのちに長崎の原爆で大きな被害を受けた。義父の澤井は最初古手屋《ふるてや》と呼ばれる古着の店を開いたが、才覚のなさと人がよすぎることから経営に行き詰まり、行商に転じた。佐世保、久留米、門司、下関、戸畑、折尾と九州の炭鉱地帯で四年間に七回も転校した。住まいはいつも木賃宿だった。行商の足手まといというので、一時は荷札をつけて祖母フユのもとに送られ、鹿児島の小学校にも通った。それは桜島が大噴火した年だったという。

こんな不安定な暮らしで、行商人の子の転校生はさぞかし、差別やいじめにあったに違いない。「お父つあん、俺アもう、学校さ行きとうなかバイ」。そんな娘の悩みなどに頓着せず、母親は「ふうちやんにも、何か売らせませうたいなあ」と言いだす。直方で芙美子は扇子の行商を手伝い始める。須崎の粟《あわ》おこし工場で一日二十三銭で働いた。義父は佐世保に働きに行った。その間、母は多賀神社の境内でバナナを売り、芙美子はあんぱんを売ったりしてしのいだ。行商は苦にならず、売るのは上手だった。直方の駅前にも林芙美子の文学碑がある。芙美子は独学の人であった。貸本屋から本を借りて読み、活動（映画）を見た。世間こそが「私の大学」だった。このころの夢は女成金になることだった。

文中「骸炭」は石炭を蒸し焼きにしたコークスのこと。「おいとこさうだよの唄」は当時流行った「おいとこ節」。「支柱夫」は落盤のありそうな箇所に杉丸太で坑道を制御する大事な役目。「アンペラ」はむしろのこと。

淫売婦と飯屋

十二月×日

さいはての駅に下り立ち
雪あかり
さびしき町にあゆみ入りにき

雪のシラシラ降つてゐる夕方、私は此啄木《たくぼく》の歌をふつと思ひ浮べながら、郷愁《かなしさ》を感じた。便所の窓を明けると、門燈《あかり》がポカリとついて、むかあし山国で見たしやくなげの紅《あか》い花のやうで、とても美しかつた。

「姉《ね》やアお嬢ちやんおんぶしておくれッ！」

奥さんの声がする。

あゝあの百合子と云ふ子供は私に苦手だ。よく泣くし、先生に似て、シンケイが細々として、全く火の玉を脊負つてゐるやうな感じだ。

せめてかうして便所にはいつてゐる時だけが、私の体のやうな気がする。

――バナ、に鰻《うなぎ》、豚《とん》カツに蜜柑《みかん》、思ひきりこんなものが食べてみたいなア。

気持ちが大変貧しくなると、落書きしたくなる気持ち、豚カツにバナ、私は指で壁に書いてみた。


夕飯の仕度の出来るまで赤ん坊をおぶつて廊下を何度も行つたり来たり。

秋江《しゆうこう》氏の家へ来て一週間あまり、先のメドもなさゝうだ。

こゝの先生は、日に幾度も梯子段《はしごだん》を上つたり降りたり、まるで廿日鼠《はつかねずみ》だ。あのシンケイにはやりきれない。

「チヤンチンコイチヤン！　よく眠つたかい！」

私の肩を覗《のぞ》いては、先生は安心したやうにぢんぢんばしいいいよりして二階へ上つて行く。

私は廊下の本箱から、今日はチヱホフを引つぱり出して読む。

チヱホフは心の古里だ。

チヱホフの吐息は、姿は、みな生きて、黄昏《たそがれ》の私の心に、何かブツブツものを言ひかけて来る。

匂ほはしい手ざはり、こゝの先生の小説を読んでゐると、もう一度チヱホフを読んでもいゝのになあと思ふ。京都のお女郎の事なんか、私には縁遠いねばねばした世界だ。

夜。

家政婦のお菊《きく》さんが、美味《おい》しさうな五目寿司《ごもくずし》をこしらへてゐるのを見て、嬉《うれ》しくなつた。

赤ん坊を風呂に入れて、ひとしづまりすると、もう十一時だ。私は赤ん坊と云ふものが大嫌ひなんだが、不思議な事に、赤ん坊が私の脊におぶさると、すぐウトウトと眠つてしまつて、家の人達が珍らしがつてゐた。

お陰で本が読めること――。

年を取つて子供が出来ると、仕事も手につかない程心配なのかも知れない。反感《いやみ》がおきる程、先生は赤ん坊にハラハラしてゐるのを見ると、女中なんて一生するもんぢやないと思つた。

いゝ、うまごやしにだつて、可憐な白い花が咲くつて事を、先生は知らないのかしら……。

奥さんは野そだちなだけに、眠つたやうな女だつたが、こゝの家では、一番好きだつた。

十二月×日

ひま〳〵が出る。

行くところなし。

大きな風呂敷包みを持つて、汽車道の上に架つた陸橋《りくばし》の上で、貰《もら》つた紙を開いて見たら、たつた弐円はいつてゐた。

二週間あまり居て、金弐円也、足の先から、血があがるやうな思ひだつた。


ブラブラ大きな風呂敷包みをさげて歩いてゐると、ザラザラした気持ちで、何もかも投げ出したくなつた。間代《まだい》も払つて、やれやれと住み込むと、二週間でお払ひばこだ。

蒼《あお》い瓦葺《かわらぶ》きの文化住宅の貸家があつた。

庭が広ろくて、ガラス窓が十二月の風にキラキラ光つてゐた。

休んでやらうかな。

勝手口を開けると、錆《さ》びた鑵詰《かんづめ》のくわんくわんからがゴロゴロして、座敷の畳がザクザク砂で汚れてゐた。

昼間の空家は淋しい。薄い人の影があそこにもこゝにもたゝづんでゐるやうで、寒さがビンビンこたえて来る。

どこへ行かうかしら、弐円ではどうにもならないし、はばかりから出て来ると、荒れた縁側のそばへ、狐《きつね》のやうな目のクリクリした犬がぢつと私を見てゐる。

「何でもないんだ、何でもありやしないんだよ」

言ひきかせるつもりで、私は屹《きつ》とつゝたつてゐた。

どうしやうかなア……。


夜。

新宿の旭町《あさひまち》の木賃宿へ泊る。

石垣の下の、雪どけで、道がこねこねしてゐる通りの旅人宿《りよじんやど》に、一泊参拾銭で私は泥のやうな体を横たへた。

三畳の部屋に、豆ランプのついた、まるで明治時代にだつてありはしない部屋の中に、明日の日の約束されてない私は、私を捨てた島の男へ、たよりにもならない長い手紙を書いた。

みんな嘘つぱちばかりの世界だ！
甲州行きの終列車が頭の上を突きさした
百貨店《マーケツト》の屋上のやうに寥々《りようりよう》とした
全生活を振り捨てゝ私は
木賃宿の蒲団に静脈を延ばした

列車にフンサイされた死骸を
私は他人のやうに抱きしめて
真夜中煤けた障子をいつぱい明けると
こんなところにも月がおどけてゐた。

みんなさよなら
私は歪《ゆが》んださイコロになつて逆もどり
こゝは木賃宿街の屋根裏
私は堆積された信念をつかむで
ビヨウ　ビヨウと風に吹かれてゐた。

夜中になつても人がドタドタ出はいりしてゐる。

「済みませんが………」

ガタガタの障子をあけて、銀杏返《いちようが》へしに結つた女が、さう言つたきり、薄い私の蒲団にもぐり込んで来た。

ドタドタと大きい足音がすると、帽子もかぶらない薄汚れた男が、細めに障子をあけて声をかけた。

「オイ！　おきろ！」

女が一言二言つぶやきながら、廊下へ出ると、パチンと頬を打つ音が続けざまに聞えて、外は無気味な、汚水のやうな寞々《ばくばく》とした静かさが伸びて、女の乱して行つた空気が、仲々しづまらなかつた。

「今まで何をしてゐたのだ！　原籍は、どこへ行く、年は、両親は………」

あのうす汚れた男が、鉛筆を嘗《な》めながら、私の枕元に立つてゐる。

どうにでもなれツー
「あの女と知合ひか？」

「えゝ三分間ばかり………」

クヌウト・ハムスンだつて、こんな行きがゝりは持たなかつただらう——。

刑事が去ると、私は仲々と手足をのばして枕の下に入れてある財布にさはつてみた。

残金壱円六拾五銭也。

月がビユウ　ビユウ風に吹かれてゐるのが、歪んだ高い窓から見える。

ピエロは高いところから飛び降りる事は上手だが、飛び上つて見せる芸当は容易ぢやない。

だが何とかなるだらう――。

十二月×日
青梅《おうめ》街道の入口の飯屋へ行く。

熱いお茶を呑んでゐると、ドロドロに汚れた労働者が馳《か》け込むやうに這入《はい》つて来て、

「姉さん！　拾銭で何か食はしてくんないかな、拾銭玉一ツきりしかないんだ」

大声で正直に立つてゐると、十五六の小娘が、

「御飯に肉豆腐でいゝですか」

労働者は急にニコニコしてバンコへ腰かけた。

大きな飯丼。

葱と小間切れの肉豆腐。

濁つた味噌汁《みそしる》。

これ丈が拾銭玉一つの営養食、労働者は天真に大口あけて頬ばつてゐる。涙ぐましい風景だ。

天井の壁には、一食拾銭よりと書いてあるのに、拾銭玉一つきりの此労働者は、すなほに大声で念を押してゐる。

涙ぐましい気持ちだつた。

御飯の盛りが私のより多いやうな気がしたけど、あれで足りるかしら、足りなかつたら出してあげてもいゝけど、でもその労働者はいたつて朗らかだつた。

私の前には、御飯にごつた煮にお新香《しんこ》、まことに貧しき山海の珍味。

合計拾弐銭也、のれんを出ると――どうもありがたう――お茶をたらふく呑んで、朝のあいさつを交はして、拾弐銭、どんづまりの世界は、光明と紙一重で、真《まこと》に朗らかだ。だが、あの四十近い労働者の事を思ふと、これは又、拾銭玉一ツで、失望、どんぞこ、墜落との紙一重だ――。

お母さんだけでも東京へ来てくれゝば、何とか働きやうもあるんだけど……沈むだけチンボツした私は難破船。飛沫《しぶき》がかゝるどころではない。ザンブザンブ潮水を呑んで、結局私も昨夜の淫売婦と、さう変つた考へも持つてゐやしない。

あの女は卅《さんじゆう》すぎてゐたかも知れない。私が男だつたら、あのまゝ一直線にあの夜の女に溺れて今朝はもう死ぬ話でもしてゐたかもしれない。

荷物を宿にあづけて、神田《かんだ》の職業紹介所に行く。

どこへ行つても砂原のやうに亮々《りようりよう》とした思ひをするので、私は胸がつまつた。

お前さんに使つてもらうんぢやないよ。

おたんちん！

ひよつとこ！

馬鹿野郎！

何と冷たいコウマンチキな女だらう――。

桃色の吸取紙みたいなカードを、その受付の女に渡すと、

「月給参拾円位ヘツへへ……」

受付女史はかうつぶやくと、私の体を見て、まづせゝら笑つて云つた。

「女中ぢやあいけないの……事務員なんて、学校出がウヨウヨしてゐるんだから、女中なら沢山あつてよ」

後から後から美しい女の花束、真《まこと》にごもつともさまで、私の敵ではない。疲れた彼女達の中にも、冬らしい仄《ほの》かな香水の匂ひがする。

得るところなし。

紹介状は、墨汁会社と、ガソリン嬢と、伊太利大使館の女中。

ふところには、もう九拾銭あまりしかない。夕方宿へ帰ると、芸人達が、植木鉢みたいに並んで、キンキンした鼠色のお白粉《しろい》を塗りたくつてゐる。

「昨夜《ゆうべ》は二分《ぶ》しかうれなかつた」

「藪睨《やぶにら》みぢやア買ひ手がねえや！」

「ヘン、これだつてい、つて人があるんだから……」

「ハイ御苦労様か！」

十四五の娘同志のはなし。

十二月×日
ワツハ　ワツハ　ワツハ　井戸つるべ、狂人になるやうな錯覚がおこる。
マツチをすつて眉づみをつける。

午前十時。

麹町三年町《こうじまちさんねんちょう》の伊太利大使館へ行く。

笑つて暮しませう。

顔がゆがみまする。

異人の子が馬に乗つて出て来た。門のそばにはれた門番の小屋みたいなのがあつて、白と蒼と青との風景・砂利が遠くまでつゞいて所詮私のやうな者の来るところでもなささうだ。

地図のある、赤いジユウタンの広い室に通される。白と黒のコスチウム、異人の妻君つて美しい、遠くで見るとなほ美しい。さつき馬で出て行つた男の子が鼻を鳴らしながら帰つて来た。

男の異人さんも出て来たが、大使さんではなく、書記官だとかつて事だ。夫婦共脊が高くてアツパクを感じる。

その白と黒のコスチウムをつけた夫人に、コツク部屋を見せてもらふ。コンクリートの箱の中に玉葱がゴロゴロしてゐて、七輪が二つ置いてあつた。此七輪で、女中が自分の食べるのだけ煮たきするのだと云ふ。

まるで廃屋のやうな女中部屋、黒いよろい戸がおりてゐて石鹸《せつけん》のやうな外国の臭ひがする。

結局ようりやうを得ないで門を出る。ゴウソウな三年町の邸町《やしきまち》を抜けて坂を降りると、吹きあげる十二月の風に、商店の赤い旗がヒラヒラ暮れ近く瞳《め》にしみた。

人種が違つては人情も判《わか》りかねる、どこか他をさがしてみようかしら。

電車に乗らないで、堀ばたを歩いてゐると、国へ帰へりたくなつた。目当もないのにウロウロ東京で放浪したところで結局どうにもならない。電車を見てゐると死ぬる事を考へる。

本郷《ほんごう》の前の家《うち》へ行く。

叔母さんつめたし。

近松氏から郵便来てゐる。出る時に、十二社《じゆうにそう》の吉井勇さんのとこに女中がゐるから、ひよつとしたらあんたを世話してあげると云ふ、先生の言葉だつたが、薄づみで書いた断り状だつた。

文士つて薄情なのかも知れない。


夕方新宿の街を歩いてゐると、妙に男の人にすがりたくなつた。

誰か助けてくれる人はないかなア……新宿駅の陸橋に紫色のシグナルがチカチカゆれてゐるのを見てゐると、涙で瞼《まぶた》がふくらんで、子供のやうにしやくりが出た。


当つてくだけてみよう――。

宿の叔母さんに正直に話しする。仕事がみつかるまで、下で一緒にゐていひと言つてくれた。

「あんた、青バスの車掌さんにならないかね、いゝのになると七拾円位はいるさうだが……」どこかでハタハタでも焼いてゐるのか、とても臭いにほひが流れて来る。

七拾円もはいれば素的だ。ブラさがるところをこしらへなくては……。十燭《しよく》の電気のついた帳場の炬燵《こたつ》にあたつて、お母アさんへ手紙書く。

――ベウキシテ、コマツテ、イルカラ、三円クメンシテ、オクツテクダサイ。

此間の淫売婦が、ゐなりずしを頬ばりながらはいつて来る。

「おとつひはひどいめに会つた。お前さんもだらしがないよ」

「お父つあん怒つてた？」

電気の下で見ると、もう四十位の女で、バクレン者らしい崩れた姿をしてゐた。

「私の方ぢやあんなのを梟《ふくろ》と云つて、色んな男を夜中に連れ込んで来るんだが、あんまり有りがたい客ぢやあないんですよ。お父つあん油しぼられてプンプン怒つてますよ」

人の好《よ》ささうな老《ふけ》たお上さんは、茶を入れながら、あの女をのゝしつてゐた。

夜、うどんを御馳走《ごちそう》になる。

明日はこゝの叔父さんのくちぞへで青バスの車庫へ試験うけに行つてみよう。

暮れぢかくなつて、落ちつき場所のない事は淋しいが、クヨクヨしてゐても、仕様のない世の中、すべては自分の元気な体たのみにくらしませう。

電線が鳴つてゐる。木賃宿街《ホテルガイ》の片隅に、此小さな女は、汚れた蒲団に寝ころんで、壁にはつてある大黒さんの顔を見ながら、雲の上の御殿のやうな空想をする。

国へかへつてお嫁にでも行かうかしら――。

――一九二二――

淫売婦と飯屋

尾道市立高等女学校を卒業した芙美子は、一九二二年四月八日、すぐに恋人を追って上京する。十九歳だった。相手の岡野軍一は明治大学に通っていた。二人は小《こ》石川《いしかわ》区雑司《ぞうし》ヶ谷《が》町《やちょう》四十八番地に同棲《どうせい》した。しかし岡野の仕送りで二人暮らせるわけはない。

これはのちに著者によって一九二四年のこととされた。そうなると時系列で並べるという趣旨と違うことになる。

震災の影は全く感じられない。作家の近松秋江の家で子守。二週間いてたった二円。「ひまが出る。行くところなし」。新宿の木賃宿に泊まる。お腹《なか》が空《す》いて青梅街道入り口の十銭飯屋に行く。ご飯、ごった煮、お新香で十二銭。翌日は神田の職業紹介所に行く。月給三十円は無理と知る。ここは旭町といい、現在の新宿駅南口近くにあったスラム街。芙美子の布団に見知らぬ女がもぐり込んでくる。クヌウト・ハムスンはノルウェイの作家。一八九〇年発表の「飢え」は宮原晃一郎訳で日本でもよく読まれた。芙美子の愛読書。

「青バスの車掌さんにならないかね」と勧められる。これは東京市街自動車株式会社といって一九一八年に許可が下り、翌年から上野―新橋間を運行、東京乗合自動車と名を変えた。女性車掌を採用し、「白襟嬢」と呼ばれて人気があった。

一方では大正デモクラシーと言われ、一方では都市に中間層ができて、「今日は三越、明日は帝劇」というように、働かないで、百貨店で買い物をし、芝居を楽しむ女もいるというのに。女は堅気の仕事がなければ体を売るしかない。それで何が悪い。労働力が売れないなら、体を売るまでだ。「国へかへつてお嫁にでも行かうかしら」。

といっても、『放浪記』は、平林たい子が「つくり話がたくさんあるだろう」と言うように、ノンフィクションではない。芙美子の想像力でドラマ化されたものである。島の男、岡野軍一とも実際は同棲しなかったのではないか、という説もある。日時も地名もフィクションである可能性がある。

裸になつて

四月×日
今日はメリヤス屋の安《やす》さんの案内で、親分のところへ酒を入れる。道玄坂《どうげんざか》の漬物屋の露路口に、土木請負の看板をくゞつて、綺麗《きれい》ではないが、ふきこんだ格子を開けると、いつも昼間場所割りをしてくれるお爺《じい》さんが、火鉢のそばで茶をすゝつてゐた。

「今晩から夜店をしなさるつて、昼も夜も出しやあ、今に銀行《くら》が建ちませうよ」

お爺さんは人のいゝ高笑ひをして、私の持つて行つた一升の酒を受取つた。

誰も知人のない東京だ。恥づかしいも糞《くそ》もあつたもんぢやない。ピンからキリまである東京だ。裸になり次手《ついで》に、うんと働いてやらう。私は辛かつた菓子工場《こうば》の事を思ふと、気が晴れ晴れとした。

夜。

私は女の万年筆屋さんと、当《あて》のない門札《もんさつ》を書いてゐるお爺さんの間に店を出した。麦蕎屋《そばや》で借りた雨戸に私はメリヤスの猿股を並べて「弐拾銭均一」の札をさげると万年筆屋さんの電気に透して、ランデの死を読む。

大きく息を吸ふともう春だ。この風には、遠い遠い思ひ出がある。

鋪道《ほどう》は灯《ひ》だ。人の洪水だ。

瀬戸物屋の前には、うらぶれた大学生が、計算器を売つてゐる。

「諸君！　何万何千何百に何千何百何十加へればいくらになる。皆判らんか、よくもこんなに馬鹿がそろつたものだ」

高飛車に出る、こんな商売も面白いものだ。

お上品な奥様が、猿股を弐拾分も捻《ひね》つて、たつた一ツ買つて行く。

お母さんが弁当持つて来る。

暖かになると、妙に汚れが目にたつ、お母さんの着物も、さゝくれて来た。木綿を一反買つてあげよう。

「私が少し変るから、お前、飯お上り」

お新香に竹輪《ちくわ》の煮つけが、瀬戸の重ね鉢にはいつてゐる。鋪道に脊をむけて食べてゐると、万年筆屋の姉さんが、

「そこにもある、こゝにもあると云ふ品物ではございません。お手に取つて御覧下さいまし」

私はふと塩つぱい涙がこぼれた。

母はやつと一息ついた今の生活が嬉しいのか、小声で時代色のついた昔の唄をうたつてゐる。

たつたつたつ田の中で………

九州へ行つてゐる父さんさへこれでよくなつたら、当分はお母さんの唄でないが、たつたかたのたゞ。

四月×日
水の流れのやうな、薄いショールを街を歩く娘さん達がしてゐる。一ツ欲しいな。洋品店の四月の窓飾りは、金と銀と桜の花だ。

空に拡《ひろが》つた桜の枝に
うつすらと血が染まると
ほら枝の先から花色の糸がさがつて
情熱のくじびき

食へなくてボードビルへ飛び込んで
裸で踊つた踊り子があつたとしても
それは桜の罪ではない。

ひとすじの情《なさけ》
ふたすじの義理
ランマンと咲いた青空の桜に
生きとし生ける
あらゆる女の
裸の脣《くちびる》を
するすると奇妙な糸がたぐつて行きます。

花が咲きたいんぢやなく
強権者が花を咲かせるのです

貧しい娘さん達は

夜になると
果実《くだもの》のやうに唇を
大空へ投げるのですつてさ

青空を色どる桃色桜は
かうしたカレンな女の
仕方のないくちづけなのですよ
そつぽをむいた
唇の跡なんですよ。

ショールを買ふ金を貯《た》める事を考へたら、ゼントリヨウエンなので割引きの活動見に行く。フイルムは鉄路の白バラ。

途中雨が降り出したので、活動から飛び出すと店に行く。

お母さんは茣蓙《ござ》をまるめてゐた。

いつものやうに、二人で荷物を脊負つて、駅へ行くと、花見帰へりの金魚のやうなお嬢さんや、紳士達が、夜の駅にあふれて、藻のやうにくねつてゐた。

二人は人を押しわけて電車へ乗る。

雨が土砂降りだ。い、気味だ。もつと降れもつと降れ、花がみんな散つてしまふといゝ。暗い窓に頬をよせて外を見ると、お母さんがしよんぼりと子供のやうに、フラフラしてゐるのが写つてゐる。

電車の中まで意地悪がそろつてゐるものだ。


九州からの音信なし。

四月×日
雨にあたつて、お母さんが風を引いたので一人で店を出しに行く。本屋には新らしい本がプンプン匂つてゐる買ひたいな。

泥濘《でいねい》にて道悪し、道玄坂はアンコを流したやうな鋪道だ。一日休むと、雨の続いた日が困るので、我慢して店を出す。

色のベタベタにじんでゐる街路に、私と護謨《ごむ》靴屋さんきりだ。

女達が私の顔を見てクスクス笑つて通る。頬紅が沢山ついてゐるのか知ら、それとも髪がおかしいのかしら、私は女達を睨み返へしてやつた。

女ほど同情のないものはない。

ポカポカお天気なのに道が悪い。昼から隣にかもじ屋さん店を出す。場銭《ばせん》が弐銭上つたとこぼしてゐた。

昼はうどん二杯たべる。――十六銭也――

学生が、一人で五ツも買つて行つてくれた。今日は早くしまつて芝へ仕入れに行つて来よう。

帰へりに鯛焼《たいやき》を拾銭買ふ。


「安さんがお前、電車にしかれて、あぶないちゆうが……」

帰へると、母は寝床の中から叫んだ。

私は荷を脊負つたまゝ呆然《ぼうぜん》としてしまつた。

昼過ぎ、安さんの家の者が知らせに来たと母は書きつけた病院の紙をさがしてゐた。


夜、芝の安さんの家へ行く。

若いお上さんが、眼を泣き腫らして、病院から帰へつて来た。

少しばかり出来上つてゐる品物をもらつてお金を置いて帰へる。

世の中は、よくもよくもこんなにひゞだらけになるものだ。昨日まで、元気にミシンのペタルを押してゐた安さん夫婦を思ひ出す。春だと云ふのに、桜が咲いたと云ふのに、私は電車の窓に凭《もた》れて、赤坂のお濠《ほり》の灯《ひ》をいつまでも眺めてゐた。

四月×日

父より長い音信来る。

長雨で、飢えにひとしい生活をしてゐると云ふ。花壺《はなつぼ》へ貯めてゐた十四円の金を、お母さんが皆送つてくれと云ふ。明日は明日だ。

安さんが死んでから、あんな軽便な猿股も出来なくなつてしまつた。

もう疲れきつた私達は、何もかもがメンドくさくなつてしまつた。

「死んだ方がましだ」

拾参円九州へ送る。

「わし達や三畳でよかけん、六畳は誰ぞに貸さんかい」

かしま、かしま、かしま、私はとても嬉しくなつて、子供のやうに書き散らすと、鳴《な》子坂《こざか》の通りへ張りに出た。

寝ても覚めても、結局死んでしまひたい事に落ちるが、なにくそ！　たまには米の五升も買ひたいものだ。お母さんは近所の洗ひ張りでもしようかと云ふし、私は女給と芸者の広告がめにつく。

縁側に腰かけて、日向《ひなた》ぼつこしてゐると、黒い土から、モヤモヤ湯気がたつてゐる。もうぢき五月だ、私の生れた五月だ。歪んだガラス戸に洗つた小切れをベタベタ張つてゐたお母さんは、フツと思ひ出した様に云つた。

「来年はお前の運勢はよかぞな、今年はお前も、お父さんも八方塞りぢやで……」

明日から、此八方塞りはどうしてゆくつもりか！　運勢もへつたくれもあつたものぢやない、次から次から悪運のつながりだ。

腰巻きも買ひたし。

五月×日

かしまはあんまり汚ない家なので、まだ誰も来ない。

お母さんは八百屋が借してくれたと云つて大きなキヤベツを買つて来た。キヤベツを見ると、フクフクと湯気の立つ豚カツでもかぶりつきたいな。

がらんとした部屋の中で、寝ころんで天井を見てゐると、鼠のやうに、小さくなつて、色んなものを食ひ破つて歩いたらユカイだらうと思つた。

夜の風呂屋で、母が聞いて来たと云つて、派出婦になつたらと相談した。い丶かも知れない。だが生れつき野生の私である。金満家の家風にペコペコする事は、腹を切るより切ない事だ。だが、お母さんの侘し気な顔を見てゐたら、涙がボダボダあふれた。腹がへつても、ひもじゆうないとかぶりを振つてゐる時ぢやないんだ、明日から、今から飢えて行く私達なのだ。

あゝあの拾参円はとゞいたか知ら、東京が厭《いや》になつた。早くお父さんがゆとりをつけてくれるといゝ。九州もいゝな四国もいゝな。

夜更け、母が鉛筆をなめなめお父さんにたよりを書いてゐるのを見て、誰かこんな体でも買つてくれる人はないかと思つたりした。

五月×日

朝起きたらもう下駄《げた》が洗つてあつた。

いとしいお母さん！

大久保百人町《ひやくにんちょう》のゆりのやと云ふ派出婦会に行く。

中年の女の人が二人店の間で縫ひものをしてゐた。

人がたりなかつたので、そこの主人は、デンピヨウのやうなものと地図を私にくれた。

行く先は、薬学生の助手だと云ふ。

道を歩いてゐる時が、一番ゆくわいだ。五月の埃《ほこり》をあびて、新宿の陸橋をわたつて、市電に乗ると、街の風景が、真《まこと》に天下タイヘイにござ候と旗をたてゝゐるやうだ。此街を見てゐると、何も事件がないやうだ。買ひたいものがぶらさがつてゐる。

私は桃割の髪をかしげて、電車のガラス窓でなほした。

本村町《ほんむらちょう》で降りると、邸町になつた露路の奥にそのうちがあつた。

「御めん下さい」

大きな家だな、こんなでかい家の助手になれるか知ら……、何度もかへらうかと思ひながら、ぼんやり立ちつくした。

「貴女《あんた》派出婦さん！　派出婦会から、何時に出たつて電話がかゝつて来たのに、おそいので、坊ちやん怒つてらつしやるわ」

私が通されたのは、洋風なせまい応接室。

壁には、色の退《あ》せたミレーの晩鐘の口絵のやうなのが張つてあつた。面白くもない部屋だ。腰掛けは得たいが知れない程ブクブクしてゐた。

「お待たせしました」

何でも此男の父親は日本橋《にほんばし》で薬屋をしてゐるとかで、私の仕事は薬の見本の整理で、わけのない事だつた。

「でもそのうち、僕の方の仕事が急がしくなると清書してもらひたいのですがね、それに一週間程したら、三浦三崎《みうらみさき》の方へ研究に行くんですが来てくれますか」

此男は廿四五かな、私は若い男の年が、ちつとも判らないので、ぢつと脊の高いその人の顔を見てゐた。

「いつそ派出婦の方を止《よ》して、毎日来ませんか」

私も、派出婦つて、いかにも品物みたいな感じのするところよりその方がいゝと思つたので、一ケ月三十五円で、約束してしまつた。

紅茶と、洋菓子が日曜の教会に行つたやうに少女の日を思ひ出させた。

「君はいくつですか？」

「廿一です」

「もう肩上げをおろした方がいゝな」

私は顔が熱くなつた。


卅五円毎月つゞくといゝな。だがこれも当分信じられはしない。

母は、岡山の祖母がキトクだと云ふ電報を手にしてゐた。私にも母にも縁のない祖母《ばあ》さんだがたつた一人の義父《ちち》のお母さんだし、これも田舎で、しよんぼりと、さなだ帯の工場に通つてゐる一人の祖母さんが、キトクだと云ふ。どんなにしても行かなくてはいけない。九州の父へは、四五日前に金を送つたばかりだし、今日行つたところへ金を借りに行くのも厚かましいし。

私は母と一緒に、四月もためてゐるのに家主のとこへ行く。十円かりて来る。沢山利子をつけて返へさうと思ふ。

残りの御飯を弁当にして風呂敷に包んだ。

一人旅の夜汽車は佗しいものだ。まして年をとつてるし、さゝくれた身なりのまゝで、父の国へやりたくはないが、二人共絶体絶命のどんづまり故、沈黙《だま》つて汽車に乗るより仕方がない。

岡山まで切符を買つてやる。

薄い灯《ひ》の下に、下《しも》ノ関《せき》行きの急行列車が沢山の見送り人を吸ひつけてゐた。

「四五日内《うち》には、前借りをしますから、そしたら、送りますよ。しつかりして行つていらつしやい。いゝ、しよぼしよぼしたら馬鹿よ」

母はくツくツ涙をこぼしてゐた。

「馬鹿ね、汽車賃は、どんな事をしても送りますからね。安心して、お祖母さんのお世話してゐらつしやい」

汽車が出てしまふと、何でもなかつた事が悲しく切なく、目がぐるぐるまひさうだつた。省線を止《や》めて東京駅の前に出る。

長い事クリームを塗らないので、顔が、ヒリヒリする。涙が止度なく馬鹿みたいに流れる。


信ずる者よ来れ主のみもと……

遠くで救世軍の楽隊が聞える。何が信ずるものでござんすかだ。自分の事が信じられなくて、たとへイヱスであらうと、お釈迦《しやか》さんであらうと、貧しい者は信じるヨユウがない、宗教なんて何だ。食ふ事に困らないものだから、街にジンタまで流してゐる。

信ずる者よ来れか……。まだ気のきいた春の唄がある。

いつそ、銀座あたりの美しい街で、こなごなに血へどを吐いて、××さんの自動車にでもしかれてやらうか。

いとしいお母さん、今貴女《あなた》は戸塚《とづか》、藤沢《ふじさわ》あたり、三等車の隅つこで何を考へてゐます。どの辺を通つてゐます……。

卅五円が続くといゝな。

お濠には、帝劇の灯《ひ》がキラキラしてゐる。私は汽車の走つて行く線路を空想した。何もかも何もかもぢつとしてゐる。天下タイヘイで御座候か――。


――一九二三――

裸になつて

震災の前、一九二三年の四月と思われる。この春、島の男は卒業して帰郷してしまった。男の家は海漕業で、みかん栽培も行う、島では有数の素封家であった。いくら女学校を出ているといっても、行商人の娘との結婚を許すはずはなかった。

恋人に替わって母が上京する。「文学的自叙伝」によれば、このころ東中野の川添（川副）町の駄菓子屋の二階に住んでいた。「鳴子坂」は成子坂のまちがい。渋谷の道玄坂で母娘で交代しながらメリヤスの猿股（男性用のゆったりした下着。ステテコ）を売る。町にはおしゃれな人も多くて、「水の流れのやうな、薄いショール」をしている娘を見ると芙美子も一つ欲しくなる。花見見物のお嬢さんや紳士達、自分とまるで生活水準の違う裕福な人たち。

雨が降ってくる。「いゝ気味だ。もつと降れもつと降れ、花がみんな散つてしまふといゝ」。かたや花見をする余裕があり、かたや食べるために路上で猿股を売る。ここには持たざる者の、階級的憎悪のようなものが感じられる。この辺の明るい屈託のない街の様子は確かに震災以前である。

ところが、仕入先、芝でメリヤスの猿股を製造する安さんが市電に轢《ひ》かれて死んでしまう。市電が東京に走ったのは一九〇三年。まだ若い職人の不慮の死。「世の中は、よくもよくもこんなにひゞだらけになるものだ」。

林芙美子がその貧困の原因でもあった母親を、生涯大事にしたというのは有名な話である。貧困の闇を手を携えて生き抜きながら、この二人の間には強い絆、強い依存がある。起きてみたら母が下駄を洗っておいてくれた。「いとしいお母さん！」

その母は、内縁の夫、澤井の岡山の母が危篤だというので、西へ向かう。芙美子は本村町《ほんむらちょう》（市ヶ谷）の屋敷町で薬学生の助手の仕事を得る。月給三十五円。雇い主の若い男は言う。「もう肩上げをおろした方がいゝな」。この指図もやや男女関係を匂わせる。

この章で芙美子は「もうぢき五月だ、私の生れた五月だ」と言っているが、出生届は一月五日付。また義父の澤井に「拾参円」送ったとあるが、のちに「十四円」に訂正。また詩の中の「花が咲きたいんぢやなく強権者が花を咲かせるのです」も削除されている。

目標を消す

十一月×日

　浮世離れて奥山ずまひ……

ヽヽ
ヒゾクな唄にかこまれて、私は毎日玩具《おもちゃ》のセルロイドの色塗り。日給七十五銭也の女工さんになつて四ケ月、私が色塗りした蝶々《ちょうちょう》のお垂《さ》げ止めは、懐かしいスヴニールとなつて、今頃はどこへ散乱して行つた事だらう——。

日暮里《につぽり》の金杉《かなすぎ》から来てゐるお千代《ちよ》さんは、お父つあんが寄席の三味線ひきで、妹弟《きようだい》六人の裏家住ひ、「私とお父つあんとで働かなきやあ、食へないんですもの……」お千代さんは蒼白い顔をかしげて、佗しさうに赤い絵具をベタベタ蝶々に塗つてゐる。

こゝは、女工が二十人、男工が十五人の小さなセルロイド工場、鉛のやうに生気のない女工さんの手から、キユウピーがおどけて出たり、夜店物のお垂げ止めや、前帯芯《まえおびしん》や、様々な下層階級相手の粗製品が、毎日毎日私達の手から洪水の如《ごと》く流れて行く。

朝の七時から、夕方の五時まで、私達の周囲は、ゆでイカのやうな色をしたセルロイドの蝶々や、キユウピーでいつぱいだ。

文字通り護謨《ごむ》臭い、それ等の製品に埋《うず》もれて仕事が済むまで、めつたに首をあげて、窓も見られない状態だ。

事務所の会計の妻君が、私達の疲れたところを見計らつては、皮肉に油をさしに来る。

「急いでくれなくちや困るよ」

フンお前も私達と同じ女工上りぢやないか、「俺達や機械ぢやねえんだよつ」発送部の男達が、その女が来ると、舌を出して笑ひあつた。

五時になると、二十分は私達の労力のおまけだ。日給袋のはいつた笊《ざる》が廻《まわ》つて来ると、私達はしばらくは、激しい争奪《そうとう》戦を開始して、自分の日給袋を見つけ出す。

襷《たすき》を掛けたまゝ工場の門を出ると、お千代さんが、後から追つて来た。

「あんた、今日市場へ寄らないの、私今晩のおかずを買つて行くの……」

一皿八銭の秋刀魚《さんま》は、その青く光つた油と一緒に、私とお千代さんの両手にかゝえられて、サンゼンと生臭い匂ひを二人の胃袋に通はせた。

「この道を歩いてゐる時だけ、あんた、楽しいと思つた事ない」

「本当にね、私ホツとするわ」

「あ、あんたは一人だからうらやましいわ」

お千代さんの束ねた髪に、白く埃がつゝもつてゐるのを見ると、街の華やかな、一切のものに火をつけてやりたいやうなコオフンを感じる。

十一月×日

なぜ？

なぜ？

私達はいつまでもこんな馬鹿な生き方をしなければならないのか！　いつまでたつても、セルロイドの唄、セルロイドの匂ひ、セルロイドの生活《くらし》だ。

朝も晩も、ベタベタ三原色を塗りたくつて、地虫のやうに、太陽から隔離されて、歪んだ工場の中で、コツコツ無限に長い時間を青春と健康を搾取されてゐる。あの若い女達のプロフイルを見てゐると、ジンと悲しくなる。

だが待つて下さい。

私達のつくつてゐる、キユウピーや、蝶々のお垂げ止めは、貧しい子供達の頭をお祭のやうにかざる事を思へば、少し少しあの窓の下では、微笑《ほほえ》んでもいゝだらう――。

二畳の部屋には、土釜《どがま》や茶碗や、ボール箱の米櫃《こめびつ》や、行李や、机が、まるで一生の私の負債のやうにがんばつて、なゝめにひいた蒲団の上に、天窓の朝陽がキラキラして、ワンワン埃が縞《しま》のやうになつて流れて来る。

いつたい革命とは、どこを吹いてゐる風なんだ……中々うまい言葉を沢山知つてゐる。日本のインテリゲンチヤ、日本の社会主義者は、お伽噺《とぎばなし》を空想してゐるのか！

あの生れたての、玄米パンよりもホヤホヤな赤ン坊達に、絹のむつきと、木綿のむつきと一たいどれ丈の差をつけなければならないのだ！

「お芙美さん！　今日は工場《こうば》休みかい！」

叔母さんが障子を叩きながら呶鳴《どな》つてゐる。

「やかましいね！　沈黙《だま》つてろ！」

私は舌打ちすると、妙に重々しく頭の下に両手を入れて、今さら重大な事を考へたけど、涙がふりちぎつて出るばかり。

お母さんのたより一通。

たとへ五十銭でもいゝから送つてくれ、私はレウマチで困つてゐる、此家《うち》にお前とお父さんが早く帰つて来るのを、楽しみに待つてゐる、お父さんの方も思はしくないと云ふたよりだし、お前のくらし向きも思ふ程でないと聞くと、生きてゐるのが辛い。

たどたどしいカナ文字の手紙、最後に上様ハハよりと書いてあるのを見ると、お母さんを手で叩きたい程可愛くなる。

「どつか体でも悪いのですか」

此仕立屋に同じ間借りをしてゐる、印刷工の松田さんが、遠慮なく障子を開けてはいつて来る。

　脊丈けが十五六の子供のやうに、ひくゝて、髪を肩まで長くして、私の一等厭なところをおし気もなく持つてゐる男だつた。

　天井を向いて考へてゐた私は、クルリと脊をむけると蒲団を被《かむ》つてしまつた。

　此人は有難い程深切者である。

　だが会つてゐると、憂鬱なほど不快になつて来る人だ。

「大丈夫なんですか！」

「えゝ体の節々が痛いんです」

　店の間《ま》では、商売物の菜つ葉服を叔父さんが縫つてゐるらしい、ジ……と歯を噛《か》むやうなミシンの音がする。

「六十円もあれば、二人で結構暮せると思ふんです。貴女《あなた》の冷たい心が淋しすぎる」

　枕元に石のやうに坐《すわ》つた、此小さい男は、苔のやうに暗い顔を伏せて私の上にかぶさつて来る。

　激しい男の息づかいを感じると、私は涙が霧のやうにあふれて来た。

　今まで、こんなに優さしい言葉を掛けて私を慰さめてくれた男があつただらうか、皆々私を働かせて煙のやうに捨てゝしまつたではないか。

　此人と一緒になつて、小さな長屋にでも住つて、所帯を持たうか、でもあんまり淋しすぎる。十分も顔を合はせてゐたら、胸がムカムカして来る此小さな男《ひと》。

「済みませんが、私体具合が悪るいんです。ものを言ふのが、おつくうですの、あつちい行つて、下さい」

「当分工場を休んで下さい。その間の事は僕がします。たとへ貴女が僕と一緒になつてくれなくつても、僕はいゝ気持ちなんです」

　まあ何てチグハグな世の中であらう――。


　夜。

　米を一升買ひに出る。

　序手《ついで》に風呂敷をさげたまゝ逢初橋《あいそめばし》の夜店を歩く。

　剪花屋《きりはなや》、ロシヤパン、ドラ焼屋、魚の干物屋、野菜屋、古本屋、久々で見る路上風景だ。

　十二月×日

ヘヱ！　街はクリスマスでござんすとよ。

救世軍の慈善鍋も飾り窓の七面鳥も、ブルジヨワ新聞も、一勢に街に氾濫して、ビラも広告旗も血まなこになつてしまう。

暮れだ、急行列車だ。

あの窓の風があんなに動いてゐる。能率を上げなくてはと、汚れた壁のボールドには、二十人の女工の色塗りの仕上げ高が、毎日毎日数字になつて、まるで天気予報みたいに、私達をおびやかすやうになつた。

規定の三百五十の仕上げが不足の時は、五銭引き、拾銭引きと、日給袋にぴらぴらケープのやうな伝票が張られて来る。

「厭んなつちやふね……」

女工はまるで、サ、ラのやうに腰を浮かせて、御製作だ。

同じ絵描きでも、これは又あまりにもコツケイな、ドミヱの漫画ではないか。

「まるで人間を芥《ごみ》だと思つてやがる」

五時の時計が鳴つても、仕事はドンドン運ばれて来るし、日給袋は中々廻りさうもない。

工場主の小さな子供達を連れて、会計の妻君が、四時頃自動車で出掛けて行つたのを、一番小さいお光《みつ》ちやんが、便所の窓から見てゐて、女工達に報告すると、芝居だつて云つたり、正月の着物でも買ひに行つたのだらうと言つたり、手を働らかせながら、女工達の間にはまちまちの論議が噴出した。

七時半

朝から晩まで働いて、六拾銭の労働の代償、土釜を七輪に掛けて、机の上に茶碗と箸を並べると、つくづく人生とはこんなものかと思つた。

ごたごた文句を言つてゐる奴等の横ツ面をひつぱたいてやりたい。

御飯の煮える間に、お母さんへの手紙の中に長い事して貯めた桃色の五十銭札五枚入れて封をする。

残金十六銭也。

たつた今、何と何がなかつたら楽しいだらうと空想して来ると、五円の間代《まだい》が馬鹿らしくなつた。二畳で五円である。

一日働いて米が二升きれて平均六拾銭、又前のやうにカフヱーに逆もどりしようか、あまたたび、水をくゞつて、私と一緒に疲れきつた壁の銘仙の着物を見てゐると、味気なくなる。

ハイハイ私は、お芙美さんは、ルンペンプロレタリアで御座候だ。何もない。

何も御座無く候だ。

あぶないぞ！　あぶないぞ！　あぶない無精者故、バクレツダンを持たしたら、喜んで持たせた奴等にぶち投げるだらう。

こんな女が、一人うぢうぢ生きてゐるより早くパンパンと、××を真二ツにしてしまはうか。

熱い飯の上に、昨夜《ゆうべ》の秋刀魚を伏兵線にして、ムシヤリ頬ばると生きてゐる事もまんざらではない。

沢庵を買つた古新聞に、北海道にはまだ何万町部と云ふ荒地があると書いてある。あゝさう云ふ未開の地にプロレタリアの、ユウトピヤが出来たら愉快だらうな。

鳩ぽつぽ鳩ぽつぽと云ふ唄が出来るかも知れないな。

いゝいゝいゝいゝ

皆で仲よく飛んでこいつて云ふ唄が流行るかも知れないな。

湯から帰りしな、暗い路地で松田さんに会ふ、私は沈黙《だま》つて通り抜けた。

十二月×日

「何も変な風に義理立てしないで、松田さんが、折角借して上げると云ふのに、お芙美さんも借りたらい、ぢやないの、実さい私の家は、あんた達の間代を当にしてゐるんですから」

髪の薄い叔母さんの顔を見てゐると、おん出てしまいたい程、くやしくなる。

これが出掛けの戦争だ。急いで根津《ねづ》の通りへ出ると、松田さんが、酒屋のポストの傍で、ハガキを入れながら私を待つてゐた。

ニコニコして本当に好人物《おひとよし》なのに、私はムカムカしてしまふ。

「何も云はないで借りて下さい。僕はあげてもい、んですが、貴女がこだわると困るから……」

塵紙《ちりがみ》にこまかく包んだ金を私の帯の間にはさもうとした。私は肩上げのとつてない昔風の羽織を気にしながら、妙にてれくさくなつてふりほどいて電車に乗つてしまつた。

どこへ行く当てもない。

正反対の電車に乗つてしまつた私は、白々《しろじろ》とした上野にしよんぼり自分の影をふんで降りた。

どうしよう。

狂人《きちがい》じみた口入屋《くちいれや》の高い広告燈が、難破船の信号みたやうに、ハタハタしてゐた。

「お望みは……」

牛太郎《ぎゆうたろう》のやうな番頭に、まづ私はかたづを呑んで、商品のやうな求人のビラを見上げた。

「辛い事をやるのも一生、楽な事をやるのも一生、姉さん良く考へた方がいゝですよ」

肩掛もしてゐない、此みすぼらしい女に、番頭は目を細めて値ぶみを始めたのか、ジロジロ私の上下《からだ》に目を流してゐる。

下谷《したや》の寿司屋の女中さんに紹介をたのむと、壱円の手数料を五十銭にまけてもらつて、公園に行く。

今にも雪の降つて来さうな空模様なのに、ベンチの浮浪人達《ヴアガボンド》は、朗らかな鼾声《いびき》をあげて眠つてゐる。

西郷さんの銅像も浪人戦争の遺物。

貴方《あなた》と私は同じ郷里なんですよ。鹿児島が恋ひしいとお思ひになりませんか。霧島山が桜島が、城山《しろやま》が、熱いお茶にカルカンの味甘《うま》い頃ですね。

貴方も私も寒さうだ。

貴方も私も貧乏だ。

昼から工場に出る。生きるは辛し。

十二月×日
昨夜机の引き出しに入れてあつた、松田さんの心づくし、払へばい丶んだ借りておかうかな、弱き者 汝《なんじ》の名は貧乏なり。

家にかへる時間となるを
ただ一つ待つことにして
今日も働けり。

啄木はこんなに楽しさうに家にかへる事を歌つてゐる。私は工場から帰へると棒のやうにつ丶ぱつた足を二畳いつぱいに延ばして、大きなアクビをする、それがたつた一つの楽しさだ。

二寸ばかりのキユウピーを一つごまかして、茶碗をのせる棚に、のせて見る。

私の描いた瞳、私の描いた羽根、私が生んだキユウピイさん、冷飯に味噌汁をザクザクかけて、かき込む淋しい夜食。

松田さんが、妙に大きいセキをしながら窓の下を通ると、台所からはいつて、声をかける。

「もう御飯ですか、少し待つてゐらつしやい肉を買つて来たんですよ」

松田さんも同じ自炊生活、仲々しまつた人らしい。

石油コンロで、ジ……と肉を煮る匂ひが、切なく口を濡《ぬら》す。

「済みませんが此葱《ねぎ》切つてくれませんか」

昨夜《ゆうべ》、無断で人の部屋の机の引き出しを開けて、金包みを入れておいたくせに、さうして、たつた拾円ばかりの金を借して、もう馴々《なれなれ》しく、人に葱を刻ませやうとしてゐる。

あんな人間に図々《ずうずう》しくされると一番たまらない。

遠くで餅をつく勇ましい音が聞える。

私は沈黙《だま》つてポリポリ大根の塩漬を噛んでゐたが、台所の方も佗しさうに、コツコツ葱を刻み出した。

「あゝ刻んであげませう」

沈黙《だま》つてゐるにはしのびない悲しさで、障子を開けて、松田さんの鉋丁《ほうちよう》を取つた。

「昨夜《ゆうべ》はありがたう、五円叔母さんに払つて、五円残つてますから、五円をお返ししときますわ」

松田さんは沈黙《だま》つて竹の皮から滴るやうに紅い肉片《にくきれ》を取つて鍋に入れてゐた。ふと見上げた歪んだ松田さんの顔に、小さい涙が一滴光つてゐた。

奥では弄花《はな》が始つたのか、叔母さんの、いつものヒステリー声がピンピン天井をつき抜けて行く。

松田さんは沈黙《だま》つたまゝ米を磨ぎ出した。

「アラ、御飯まだ焚かなかつたんですか」

「えゝ貴女が御飯を食べてゐらつしたから、肉を早く上げようと思つて」


洋食皿に割《わ》けてもらつた肉が、どんな思ひで私の食道を通つたか。

私は色んな人の姿を思ひ浮べた。

そしてみんなくだらなく思へた。

松田さんと結婚してもいゝと思へた。始めて松田さんの部屋へ遊びに行く。

松田さんは新聞をひろげて、ゴソゴソさせながら、お正月の餅をそろへて笊《ざる》へ入れてゐた。

あんなにも、なごやかにくづれてゐた気持ちが、又前よりもさらに凄くキリ、ツと弓をはつて、私はそつと部屋へ帰つた。

「寿司屋もつまらないし……」

外は嵐。

キユウピーよ、早く鳩《はと》ポッポッだ。
吹き荒《す》さめ、吹き荒さめ、嵐よ吹雪よ。

――一九二三――

目標を消す

小さなセルロイド工場。蝶々やキューピーでいっぱいだ。日給七十五銭。根津の仕立て屋の二畳の部屋にいる。家賃五円。「革命とは、どこを吹いてゐる風なんだ」と呪いたくなる。ロシア革命で労働者権力が成立したのはもう七年も前なのに。日本の場末の零細工場には労働組合なんてありゃしない。だけど、この人形を買うのも貧しい人々だろう。その慰めになるのなら意味のない労働ではないかも、と思い直す。

これも震災以前の話の可能性はある。そして震災前にいた根津から上野が舞台である。母からの便りがある。たとえ五十銭でも送ってくれ、リウマチで困っている、と。

どこか体でも悪いのですか、と同じ下宿の印刷工の松田さん。背が低くて由井正雪《ゆいしょうせつ》のような長髪の男だ。好きでもない男の親切が鬱陶しい。夜、コメを一升買いに出る。根津逢初橋の夜店を歩く。逢初橋というのは一八八八年まで根津遊郭があった時に、総門のところにかかっていた橋で、今の根津交差点のところにあった。ロシアパンとは、革命で帝政ロシアが社会主義国家になった際、亡命してきたロシア人が、生きるために作って売ったものである。

へえ、街はクリスマスでござんすとよ。熱い飯に秋刀魚を乗せてムシャムシャほおばると、生きているのもまんざらではないような気がして。上野の口入屋に行き、下谷の寿司屋の女中の職の紹介を頼む。

上野公園に行くと、たくさんの路上生活者がいるのはいまも同じ。しかし彼らは自由なるヴァガボンドなのでもある。西郷さんの銅像に、「貴方と私は同じ郷里なんですよ」と呼びかける。私はいつもここを読むと、オスカー・ワイルドの「幸福の王子」を思い出す。やっぱり、震災前の話のような気がする。

金のない女への様々な誘惑。間代を貸すという男には女に近寄ろうという下心がある。口入屋が楽な仕事をすすめるのは体を売れということだ。やけになって「パンパンと、××を真二ツにしてしまはうか」の伏字は「地球」だろう。

百面相

四月×日

地球よパンパンとまつぷたつに割れてしまへ！　と怒鳴つたところで、私は一匹の烏猫《からすねこ》、世間様は横目で、お静かにお静かにとおつしやる。

又いつもの淋しい朝の寝覚め、薄い壁に掛つた、黒い洋傘《パラソル》を見てゐると、色んな形に見えて来る。

今日も亦《また》此男は、ほがらかな桜の小道を、我々プロレタリアートよなんて、若い女優と手を組んで、芝居のせりふを云ひあひながら行く事であらう。

私はぢつと脊を向けて寝てゐる男の髪の毛を見てゐた。

あゝこのまゝ蒲団の口が締つて、出られないやうにしたら……。

——やい白状しろ！——なんて、こいつにピストルを突きつけたら、此男は鼠のやうにキリキリ舞ひをしてしまふだらう。

お前は高が芝居者ぢやあないか。インテリゲンチヤのたいこもちになつて、我々同志よ！　もみつともない。

私はもうお前にはあいそがつきてしまつた。

お前さんのその黒い鞄《かばん》には、二千円の貯金帳と、恋文が出たがつて、両手を差出してゐたよ。

「俺はもうぢき食へなくなる。誰かの一座にでもはいればいゝけど……俺には俺の節操があるし」

私は男にとても甘い女です。

その言葉を聞くと、サンサンと涙をこぼして、では街に出ませうか。

そして私は此四五日、働く家をみつけに、魚の腸《はらわた》のやうに疲れては帰つて来てゐたのに……此嘘つき男メ！　私はいつもお前が要心して鍵を掛けてゐるその鞄を、昨夜そつと覗いてみたのだよ。

二千円の金額は、お前さんが我々プロレタリアと言つてゐる程少くもなからう。

私はあんなに美しい涙を流したのが莫迦《ばか》らしくなつた。

二千円と、若い女優がありや、私だつたら当分長生きが出来る。

あゝ浮世は辛《つろ》うござりまする。

かうして寝てゐるところは円満な御夫婦、冷い接吻《せつぷん》はまつぴらだよ。

お前の体臭は、七年も連れそつた女房や、若い女優の匂ひでいつぱいだ。

お前はそんな女の情慾《じようよく》を抱いて、お勤めに私の首に手を巻いてくる。

どいておくれよッ！

淫売でもした方が、気づかれがなくて、どんなにいゝか知れやしない。

私は飛びおきると男の枕を蹴つてやつた。嘘つきメ！　男は炭団《たどん》のやうにコナゴナに崩れていつた。


ランマンと花の咲き乱れた四月の空は赤旗だ。地球の外には、颯颯《さつさつ》として熱風が吹きこぼれてオーイオーイ見えないよび声が四月の空に弾《はじ》けてゐる。

飛び出してお出でよッ！

誰も知らないところで働きませう。茫々とした霞《かすみ》の中に私は太い手を見た。真黒い腕を見た。

四月×日
一度はきやすめ二度は嘘
三度のよもやにひかされて……
憎らしい私の煩悩よ、私は女でございました。やつぱり切ない涙にくれまする。

鶏の生胆《いきぎも》に
花火が散つて夜が来た
東西！　東西！
そろそろ男との大詰が近づいたよ
一刀両断に切りつけた男の腸《はらわた》に
メダカがぴんぴん泳いでゐた。

臭い臭い夜だよ
誰も居なけりや泥棒にはいりますぞ！
私は貧乏故男も逃げて行きました

あゝ真暗い頰かぶりの夜だよ。

土を凝視《みつ》めて歩いてゐると、しみじみ悲しくて、病犬《やみいぬ》のやうにふるへて来る。なにくそ！　こんな事ぢやあいけないね。
美しい街の鋪道を今日も私は、――女を買つてくれないか、女を売らう……と野良犬のやうに彷徨《ほうこう》した。

引き止めても引き止まらない、切れたがるきづななならば此男ともあつさり別れよう……。

窓外の名も知らぬ大樹の、たわゝに咲きこぼれた白い花に、小さい白い蝶々が群れて、いゝ匂ひがこぼれて来る。

夕方、お月様に光つた縁側に出て男の芝居のせりふを聞いてゐると、少女の日の思ひ出が、ふつと花の匂ひのやうに横切つて、私も大きな声で——どつかにいい男はゐないか！　とお月様に怒鳴りたくなつた。

此男の当り芸は、かつて芸術座の須磨子《すまこ》とやつた剃刀《かみそり》と云ふ芝居だつた。

私は少女の頃、九州の芝居小屋で、此男の剃刀を見た事がある。

須磨子のカチウシヤもよかつた、あれからもう大分時がたつ、此男も四十近い年だ。

「役者には、やつぱり役者のお上さんがいゝんですよ」

一人稽古をしてゐる、灯《ひ》に写つた男の影を見てゐると、やつぱり此男も可哀想《かわいそう》だと思はずにはゐられない。

紫色のシエードの下に、台本をくつてゐる男の横顔が、絞つて行くやうに、私の目から遠のいてしまふ。

「旅興行に出ると、俺はあいつと同じ宿をとつた。あいつの鞄も持つてやつたつけ……でもあいつは俺の目を盗んでは、寝巻きのまゝあの男の宿へ忍んで行つてゐた。俺はあの女を泣かせる事に興味《あじ》を覚えてゐた。あの女を叩くと、まるで護謨のやうに弾きかへつて、体いつぱい力を入れて泣くのが、見てゐてとてもいゝ気持だつた」

二人で縁側に足を投げ出してゐると、男は灯《ひ》を消して、七年も連れ添つてゐた別れた女の話をする。

私は圏外に置き忘れられた、一人の登場人物だ、茫然と夜空を見てゐると、此男とも駄目だよ……あまのじやくがどつかで哄笑してゐる。


私は悲しくなると、足の裏が掻《か》ゆくなる。一人でしやべつてゐる男のそばで、私はそつと、月に鏡をかたぶけて見た。

眉を濃く引いた私の顔が渦のやうにぐるぐる廻つてゆく、世界中が月夜のやうな明るさだつたらいゝだらう――。

「ねえ、やつぱり別れませうよ、何だか一人でゐたくなつたの……もうどうなつてもいゝから一人で暮したい」

男は我にかへつたやうに、太い息を切ると涙をふりちぎつて、別れと云ふ言葉の持つ淋しいセンチメントに、サメザメと涙を流して私を抱かうとする。

　これも他愛のないお芝居か、さあこれから忙がしくなるぞ、私は男を二階に振り捨てると、動坂《どうざか》の町へ走つて出た。

　誰も彼も握手をしませう、ワンタンの屋台に、首をつゝこんで、まづ支那酒をかたぶけて、私は味気ない男の接吻を吐き捨てた。

　四月×日

「ぢやあ行つて来ます」

　街の四ツ角で、まるで他人よりも冷やかに、私も男も別れた。

　男は市民座と云ふ小さい素人劇をつくつてゐて、滝《たき》ノ川《がわ》の稽古場に毎日通つてゐた。

　私も今日から通ひでお勤めだ。

　男に食はしてもらふ事は、泥を噛んでゐるよりも辛い。体のいゝ仕事よりもと、私のさがした職業は牛屋《ぎゆうや》の女中さん。

「ロースあほり一丁願ひますツ！」

　景気がいゝぢやないか、梯子段をトントン上つて行くと、しみじみ美しい歌がうたひたくなる。

広間に群れたどの顔も、面白いフイルムだ。

肉皿を持つて、梯子段を上がつたり降りたり、私の前帯の中も、それに並行して少しづゝふくらんで来る。

どこを貧乏風が吹くかと、部屋の中は甘味《おい》しさうな肉の煮える匂ひでいつぱいだ。だが上つたり降りたりで、いつぺんに私はへこたれてしまつた。

「二三日すると、すぐ馴れてしまふわ」

女中頭の、髷《まげ》に結つたお杉《すぎ》さんが、腰をトントン叩いてゐる私を見て、慰さめてくれたりした。

十二時になつても、此店は素晴らしい繁昌《はんじよう》で、私は帰るのに気が気ではなかつた。私とお満《みつ》さんをのぞいては、皆住込みなので、平気で残つた客にたかつて、色々なものをねだつてゐる。

「たあさん、私水菓子ね。……」

「あら私かもなんよ……」

まるで野性の集りだ、笑つては食ひ笑つては食ひ無限に時間がつぶれて行きさうで私は焦らずにはゐられなかつた。

私がやつと店を出た時は、もう一時近くて、店の時計がおくれてゐたのか、市電はとつくになかつた。

神田から田端《たばた》までの路のりを思ふと、私はペシヤペシヤに坐つてしまひたい程悲しかつた。

街の燈《あかり》は狐火のやうに、一つ一つ消えて、仕方なく歩き出した私の目にも段々心細くうつつて来た。

上野公園下まで来ると、どうにも動けない程、山下《やました》が恐ろしくて、私は棒立ちになつてしまつた。

雨気を含んだ風が吹いて、日本髪の両鬢《りようびん》を鳥のやうに羽ばたかして、私はしよんぼり、ハタハタと明滅する仁丹《じんたん》の広告燈にみいつてゐた。

どんな人でもいゝから、山下を通る人があつたら、道連れになつてもらほう……私はぼんやり広小路《ひろこうじ》を見た。

こんなにも辛い思ひをして、私はあいつに真実をつくさなければならないのだらうか？　不意にハツピを着て自転車に乗つた人が、さつと煙のやうに過ぎた。

何もかも投げ出したいやうな気持で、

「貴方《あなた》は八重垣町《やえがきちよう》の方へいらつしやるんぢやあないですかツ！」

と私は叫んだ。

「すみませんが、田端まで帰るんですけど、貴方のお出《い》でになるところまで道連れになつて戴《いただ》けませんでせうか？」

「え丶さうです」

今は一生懸命、私は尾を振る犬のやうに走つて行くと、その職人体の男にすがつた。

「使ひがおそくなつたんですが、もしよかつたら自転車にお乗んなさい」

もう何でもい丶、私はボックリの下駄を片手に、裾をはし折つてその人の自転車の後《うしろ》に乗せてもらつた。

しつかりとハッピの肩に手を掛けて、この奇妙な深夜の自転車乗りの女は、サメザメと涙をこぼした。

無事に帰れますやうに……何かに祈らずにはゐられなかつた。

夜目にも白く、染物とかいてある、ハッピの字を見て、ホッと安心すると、私はもう元気になつて、自然に笑ひ出したくなつた。

根津でその職人さんに別れると、又私は漂々とど丶いつを唱《うた》ひながら路を急いだ。品物のやうに冷たい男のそばへ……。

四月×日
国から、汐《しお》の香《か》の高い蒲団を送つて来た。

フカフカとしたお陽様《ひ》に照らされた縁側の上に、蒲団を干してゐると、父様よ母様よと口に出して唱《い》ひたくなる。

今晩は市民座の公演会、男は早くから、化粧箱と着物を持つて出かけてしまつた。私は水をもらはない植木鉢のやうに干からびた情熱で、キラリキラリ二階の窓から、男のいそいそとした後姿を見てやつた。

夕方四谷《よつや》の三輪《みわ》会館に行くと、もういつぱいの人で、舞台は例の剃刀だつた。男の弟は目ざとく私を見つけると、パチパチと目をまばたきさせて、――姉さんはなぜ楽屋に行かないの……人のいゝ大工をしてゐる此弟の方は、兄とは全く別な世界に生きてゐる人だつた。

舞台は乱暴な夫婦喧嘩だ。

お丶あの女だ、いかにも得意らしくしやべつてゐるあいつの相手女優を見てゐると、私は始めて女らしい嫉妬を感じずにはゐられなかつた。

男はいつも着て寝る寝巻きを着てゐた。今朝二寸程背がほころびてゐたのを私はわざとなほしてやらなかつた。

一人よがりの男なんてまつぴらだよ。

私はくしやみを何度も何度もつゞけると、ぷいと帰りたくなつて、詩人の友達二三人と、温い外に出た。

こんなにいゝ夜は、裸になつて、ランニングでもしたらさぞ愉快だらう。

四月×日

「僕が電報打つたら、ぢき帰つておいで」ふん！ 男はまだ嘘を云つてる、私はくやしいけど十五円の金をもらふと、なつかしい停車場へ急いだ。

汐の香のしみた故里《ふるさと》へ帰るんだ、あゝ何もかも何もかも逝つてくれ、私に用はない。

男と私は精養軒《せいようけん》の白い食卓につくと、日本料理でさゝやかな別宴を張つた。

「私は当分あつちで遊ぶつもりよ」

「僕はかうして別れたつて、きつと君が恋ひしくなるのはわかつてゐるんだ。只どうにも仕様のない気持なんだよ今は、ほんとうにどうせき止めてい、かわからない程、呆然とした気持なんだよ」

あゝ夜だ夜だ夜だよ。

何もいらない夜だよ。汽車に乗つたら煙草《たばこ》を吸ひませう。

駅の売店で、青いバットを五ツ六ツ買ひ込むと、私は汽車の窓から、ほんとに冷たい握手をした。

「さよなら、体を大事にしてね」
「有難う……御機嫌よう……」

固く目をとじて、パツと瞼を開くと、せき止められてゐた涙が、一時にあふれ出る。明石《あかし》行きの三等車の隅ツ子に、荷物も何もない私は、足を伸び伸びと投げ出して涙の出るにまかせて、なつかしいバツトの銀紙を開いた。

途中で面白さうな土地があつたら降りてやらうかな……私は頭の上にぶらさがつた地図を、ぢつと見上げて、駅の名を読んだ。

新らしい土地へ降りてみたいな、静岡にしやうか、名古屋にしやうか、だが、何だかそれも不安になつて来る。

暗い窓に凭れて、ぢつと暮《くら》い人家の灯《ひ》を見てゐると、ふつと私の顔が鏡を見てゐるやうにはつきり写つてゐる。

男とも別れだ！
私の胸で子供達が赤い旗を振る
そんなによろこんでくれるか
もう私はどこへも行かず

皆と旗を振つて暮らさう。

皆さうして飛び出してくれ
そして石を積んでくれ
そして私を胴上げして

石の城の上に乗せておくれ

さあ男とも別れだ泣かないぞ！
しつかりしつかり旗を振つてくれ
貧乏な女王様のお帰りだ。

外は真暗闇、切れては走る窓の風景に、私は目も鼻も口もペッシヤリとガラス窓にくつゝけて、塩辛い干物のやうに張りついてしまつた。

私はいつたい何処《どこ》へ行くのかしら……駅々の物売りの声を聞くたびに、おびえた心で私は目を開く。

あゝ生きる事がこんなにもむづかしいものなら、いつそ乞食にでもなつて、全国を流浪して歩いたら面白いだらう。子供らしい空想にひたつて、泣いたり笑つたり、おどけたり、ふと窓を見ると．これは又奇妙な私の百面相だ。

あゝこんな面白い生き方があつたんだ。私はポンと固いクツシヨンの上に飛び上ると、あく事もなく、なつかしくいぢらしい自分の百面相に凝視《みい》つてしまつた。

——一九二四——

百面相

これは震災後であることがはっきりしている。林芙美子には何人か同棲した男がいたが、その中ではっきりしている一人が「市民座」の座長で俳優の田辺若男であり、彼自身、自伝『舞台生活五十年　俳優』で、林芙美子と大正十三年三月ごろ出会って同棲したと書いている。「私のこころのなかでは、貧しい女性への愛情と、きびしい自己反省とがからみあって、なまなましい傷口がうずくように、いつまでも思い出は痛んだ」

田辺若男（一八八九～一九六六）は新潟県生まれ、本名田辺富蔵、鉄道の駅員から新派に入り、転々として一九一三年芸術座の創立に参加。新国劇、築地座、文学座などの俳優をつとめた。詩集「自然児の出発」がある。

実はこの前に伏線があり、「女アパッシュ」（『続放浪記』所収）で芙美子は小石川富坂《とみさか》の川端画塾の隣の石屋のアパートにいた頃、隣室のベニという十七歳の少女を可愛がっている。「さくらあらいこ」の社長の娘で、父親は七号室に妾《めかけ》を囲ってい る。ベニは女優になろうと応募して「白いハンカチの男」と出かけたまま帰ってこない。それを年長の芙美子は心配するのだが、実は芙美子自身、作家、詩人の他に女優にもなってみたかった。

芙美子はやがて劇団の主宰者、田辺若男と田端町三一〇番地の下宿で同棲して、男の嘘と不誠実に愛想が尽きている。「我々プロレタリアートよ」もないもんだ。嘘つけ。カバンの中には二千円、金持ちじゃないか。そして若い女優と浮気。昔、芙美子は九州放浪時代に松井須磨子と田辺の「剃刀」を見たことがあった。ということは田辺も三十代後半。二十一歳の芙美子は男を二階に振り捨てると動坂の町に走っていった。

田端には国鉄の駅がある。動坂には市電の停留所があった。当時、今よりは賑《にぎ》やかで、動坂には寄席も映画館もあって、その隣の神明町のカフェ紅緑《こうろく》で、のちに作家となる佐多稲子が女給をしていたはずだ。稲子も貧しい家に生まれ、キャラメル工場で女工をしていたが、中野重治、西澤隆二といった誠実な男たちに囲まれて幸せだった。上野の清涼亭《せいりょうてい》という料亭の中居をしていた時は、芥川龍之介が通いつめた。堀辰雄は稲子のためにアテネ・フランセの授業料を払ってあげている。美しい稲子はみんなの「マイ・フェア・レディ」、イライザだったのだ。

一方の芙美子は牛屋の女中、階段を上がったり下がったり。夜中の一時に神田から歩く。上野山下が怖くて、根津八重垣町に帰る職人の自転車に乗せてもらう。そこから田端までは歩いたのだろう。

上野の洋食屋、精養軒の日本食で田辺とささやかな別れの宴を張ると、芙美子は明石《あかし》行きの三等列車に乗り込む。夜行の窓ガラスに、泣いたり、笑ったり、おどけたりする自分の「百面相」が見える。しかし、芙美子が白山の南天堂で詩人たちと出会い、詩人・作家になるチャンスを摑《つか》むのは、この田辺若男の紹介がきっかけであった。

赤いスリッパ

五月×日
私はお釈迦様に恋をしました
仄《ほの》かに冷い脣に接吻《くちづけ》すれば
おゝもつたいない程の
痺《しび》れ心になりまする。

ピンからキリまで
もつたいなさに
なだらかな血潮が
逆流しまする。

心憎いまで落ちつきはらつた

その男振りに
すつかり私の魂はつられてしまひました。

お釈迦様！
あんまりつれないではございませぬか！
蜂の巣のやうにこはれた
私の心臓の中に……
お釈迦様
ナムアミダブツの無情を悟《さと》すのが
能でもありますまいに
その男振りで
炎のやうな私の胸に
飛びこんで下さりませ
俗世に汚《けが》れた
この女の首を
死ぬ程抱きしめて下さりませ
ナムアミダブツの

お釈迦様！

妙に侘しい日だ。気の狂ひさうな日だ。天気のせいかも知れない。朝から、降りしきつてた雨が、夜になると風をまじへて、身も心も、突きさしさうにキリキリ迫つて来る。こんな詩を書いて、壁に張りつけてみたもの丶私の心臓《こころ》はいつものやうに、私を見くびつて、ひどくおとなしい。

——スグコイカネイルカ

蒼ぶくれのした電報用紙が、ヒラヒラ私の頭に浮かんで来る。

馬鹿、馬鹿、馬鹿、馬鹿を千も万も叫びたい程、切ない私だ。高松の宿屋で、あの男の電報を受け取つた私は真実、嬉し涙を流して、はち切れさうな土産物を抱いて、この田端の家へ帰へつて来た。

半月もた丶ないうちに又別居だ。

私は二ケ月分の間代を払つてもらふと、程のい丶居坐りで、男は金魚のやうに尾をヒラヒラさせて、本郷の下宿に越して行つた。

昨日《きのう》も、出来上つた洗濯物を一ぱい抱へて、私はまるで恋人に会ひに行くやうにいそいそと、あの下宿の広い梯子を上《のぼ》つて行つた。

あ丶私はあの時から、飛行船が欲しくなつた。

灯《ひ》のつき初めた、すがすがしい部屋に、私の胸に泣きすがつたあの男が、桃割れに結つた、あの女優と、魚の様にもつれあつてゐる。水のやうに青つぽい匂ひの流れてくる暗い廊下に、私は瞳にいつぱい涙をためて、初夏らしい、ハーモニカの音《ね》を耳にした。顔いつぱいが、いゝえ体いつぱいが、針金でつくつた人形みたいに固くなつて切なかつたけれど……。

「やあ……」私は子供のやうに天真に哄笑して、切ない瞳《め》を、始終机の足に向けてゐた。あれから今日へ掛けての私は、もう無茶苦茶な世界への放浪だ。

「十五銭で接吻《セップン》しておくれよ！」

と、酒場で駄々をこねたのも胸に残つてゐる。

男なんてくだらない。

蹴散らして、踏たくつてやりたい怒に燃えて、ウヰスキーも日本酒もちやんぽんに呑み散らした、私の情けない姿が、かうして静かに雨の音を聞きながら、床の中にゐると、いぢらしく、憂鬱《さびしく》浮かんで来る。今頃は、風でいつぱいふくらんだ蚊帳の中で、あの女優《おんな》の首を抱へてゐるであらう……と思ふと、飛行船に乗つて、バクレツダンを投げてやりたい気持ちだ。

私は宿酔《ふつかよ》ひと、空腹でヒヨロヒヨロする体を立たせて、ありつたけの一升ばかりの米を土釜に入れて、井戸端に出た。

下の人達は皆風呂に出たので、私はきがねもなく、大きい音をたてゝ米をサクサク洗つた。雨にドブドブ濡れながら、只一筋にそつとはけて行く白い水の手ざはりを楽しんだ。

六月×日

朝。

ほがらかなお天気だ。雨戸をくると、白い蝶々が、雪のやうに群れて、男性的な季節の匂ひが私を驚かす。

雲があんなに、むくむくもれ上つてゐる。ほんとにいゝ仕事をしなくちやあ、火鉢にいつぱい散らかつた煙草の吸殻を捨てると、屋根裏の一人住ひもいゝものだと思へた。朦朧《もうろう》とした気持ちも、この朝の青々とした空気を吸ふと、元気になつて来る。

だが楽しみの郵便が、七ツ屋の流れを知らせて来たのにはうんざりしてしまつた。四円四十銭の利子なんか抹殺してしまへだ！

私は黄色の着物に、黒い帯を締めると、日傘をクルクル廻して、幸福な娘のやうに街へ出た。例の通り古本屋への日参だ。

「叔父さん、今日は少し高く買つて丁戴ね。少し遠くまで行くんですから……」

この動坂の古本屋の爺さんは、いつものやうに人のいゝ笑顔を皺《しわ》の中に隠して、私の出した本を、そつと両の手でかかえた。

「一番今流行る本なの、ぢき売れてよ」

「へえ……スチルネルの自我経ですか、壱円で戴きます」

私は二枚の五拾銭銀貨を手のひらに載せると、両方の袂《たもと》に一ツづつ入れて、まぶしい外に出ると、いつもの飯屋へ流れた。


本当にいつになつたら、あのこじんまりした食卓をかこんで、呑気《のんき》に御飯が食べられるかしら。

一ツ二ツの童話位では、満足に食つてゆけないし、と云つてカフヱーなんかで働く事は、たわしのやうに荒んで来るし、男に食はせてもらふ事は切ないし、やつぱり本を売つては、瞬間々々《そのときどき》の私でしかないのだ。

夕方風呂から帰つて爪をきつてゐたら、画学生の吉田さんが遊びに来た。写生に行つたんだと云つて、十号の風景画をさげて、生々しい絵の具の匂ひをぷんぷんたゞよはせてゐた。

詩人の相川さんの紹介で知つた切りで、別に好きでも嫌ひでもなかつたが、一度、二度、三度と来るのが重なると、一寸重荷のやうな気がしないでもなかつた。

紫色のシヱードの下に、疲れたと云つて寝ころんでゐた吉田さんは、ころりと起きあがると、

瞼、瞼、薄ら瞑《つぶ》つた瞼を突いて、
きゆつと抉《え》ぐつて両眼をあける。
長崎の、長崎の
人形つくりはおそろしや!

「こんな唄を知つてゐますか、白秋《はくしゆう》の詩ですよ。貴女《あなた》を見ると、この詩を思ひ出すんです」

風鈴が、そつと私の心をなぶつた。

ヒヤヒヤとした縁端に足を投げ出してゐた私は、灯《ひ》のそばにゐざりよつて男の胸に顔を寄せた。×××やうな×を聞いた。××ましい胸の××××の中に、しばし私は×××××××ゐた。

切ない悲しさだ。女の業なのだ。私の動脈は噴水の様にしぶいた。

吉田さんは震へて沈黙《だま》つてゐる。私は油絵の具の中にひそむ、あのヱロチックな匂ひ

を此時程嬉しく思つた事はなかつた。

長い事、私達は情熱の克服に努めた。


脊の高い吉田さんの影が門から消えると、私は蚊帳を胸に抱いたま丶泣き濡れてしまつた。ああ私にはあまりに別れた男の思ひ出が生々しかつたもの……私は別れた男の名を呼ぶと、まるで手におへない我ま丶娘のやうにワツと声を上げた。

六月×日
今日は隣りの八畳の部屋に別れた男の友人《ともだち》の五十里《いそり》さんが越して来る日だ。

私は何故《なぜ》か、あの男の魂胆がありさうな気がして不安だつた。

飯屋へ行く路、お地蔵様へ線香を買つて上げる。帰つて髪を洗ふと、さつぱりした気持ちで、団子坂《だんござか》の静栄《しずえ》さんの下宿へ行く。

『二人』と云ふ詩のパンフレットが出来てゐる筈《はず》だつたので元気で坂をかけ上つた。

窓の青いカーテンをそつとめくつて、いつものやうに窓へ凭れて静栄さんと話をした。この人はいつ見ても若い。房々した断髪をかしげて、しめつぽい瞳《め》をサンゼンと輝やかす。

夕方、静栄さんと印刷屋へパンフレットを取りに行く。八頁だけど、まるで果実《くだもの》のやうに新鮮で、好ましかつた。

帰へり南天堂《なんてんどう》によつて、皆に一部づゝ送る。

働いて、此パンフレットを長く続かせたい。

冷いコーヒーを呑んでゐる肩を叩いて、辻《つじ》さんが、鉢巻をゆるめながら、賛詞をあびせてくれた。

「とてもいゝものを出しましたね、お続けなさいよ」

漂々たる酒人辻潤の酔体に微笑を送り、私も静栄さんも元気で外へ出た。

六月×日

種まく人たちが、今度文芸戦線と云ふ雑誌を出すからと云ふので、私はセルロイド玩具の色塗りに通つてゐた、小さな工場《こうば》の事を詩にして、「工女の唄へる」と云ふのを出しておいた。今日は都《みやこ》新聞に別れた男への私の詩が載つてゐた。もうこんな詩なんて止めよう、くだらない。もつともつと勉強して、生《いき》のいゝ私の詩を書かう。

夕方から銀座の松月《しようげつ》へ行く、ドンの詩の展覧会、私の下手な字が、麗々しく先頭をかざつてゐる。橋爪氏に会ふ。

六月×日

雨がザ………葉つぱに当つてゐる。

　陽春二三月　　　　楊柳斉作レ花
　春風一夜入二閨闥一　楊花飄蕩落二南家一
　含レ情出レ戸脚無レ力　拾二得楊花一涙沾レ臆
　秋去春来双燕子　　願銜二楊花一入二窠裏一

灯《あかり》の下に横坐りになりながら、白花《はつか》を恋した霊太后《れいたいごう》の詩を読んでゐると、つくづく旅が恋ひしくなつた。

五十里さんは引つ越して来てから、いつも帰へりは、夜更けの一時過ぎ、下の人は務め人なので、九時頃には寝てしまふ。

時々田端の駅を通過する電車や汽車の音が汐鳴りのやうに聞える丈で、山住ひのやうな静かさだ。

つくづく一人が淋しくなつた。

楊白花《ようはつか》のやうに美しい男が欲しくなつた。

本を伏せると、焦々《いらいら》した私は下に降りて行つた。

「今頃どこへ！」下の叔母さんは裁縫の手を休めて私を見る。

「割引です」

「元気がい丶のね……」

蛇の目の傘を拡げると、動坂の活動小屋に行つた。

ヤングラジヤ、私は割引のヤングラジヤに恋心を感じた。太鼓船の東洋的なオーケストラも雨の降る日だつたので嬉しかつた。

だが所詮はどこへ行つても淋しい一人身。小屋が閉まると、私は又溝鼠《どぶねずみ》のやうに塩たれて部屋へ帰つた。

「誰かお客さんのやうでしたが……」

叔母さんの寝ぼけた声を脊に、疲れて上つて来ると、吉田さんが、紙を円《まる》めながらポケツトへ入れてゐた。

「おそく上つて済みません」

「い、え、私活動へ行つて、してたのよ」

「あんまりおそいんで、置手紙を置手紙をしてたとこなんです」

別に話もない赤の他人なんだけれど、吉田さんは私に甘へてこようとしてゐる。鴨居《かもい》につかへさうに脊の高い、吉田さんを見てゐると、タヂタヂと圧されさうになる。

「随分雨が降るのね……」

この位白ばくれておかなければ、今夜こそどうにか爆発しさうで恐ろしかつた。

壁に脊を凭せて、彼《あ》の人はじつと私の顔を凝視《みつ》めて来た。私は、此人が好で好でたまらなくなりさうに思へて困つてしまつた。

だけど、私はあの男でもうこりこりしてゐる。

私は温《おと》なしく、両手を机の上にのせて、白い原稿用紙に照り返へつた、灯《ひ》の光りに瞳《め》を走らせてゐた。私の両の手先きが、ドクドク震へてゐる。

一本の棒を二人で一生懸命押しあつた。

あゝそんな瞳《め》をなさると、とても私はもろい女でございます。愛情に飢えてゐる私は、胸の奥が、擽《くす》ぐつたくジンジン鳴つてゐる。

「貴女は私を嬲《なぶ》つてゐるんぢやないんですか？」

「どうして？」

何と云ふ間の抜けた受太刀だらう。

接吻《くちづけ》一ツしたわけではなし、私の生々しい感傷の中へ、巻き込まれてゐらつしやるきりぢやありませんか……私は口の内につぶやきながら、此男をこのまゝこさせなくするのも一寸淋しい気がした。

あゝ友人《ともだち》が欲しい。かうした優しさを持つたお友達が欲しいのだけれど……私はポタポタ涙があふれた。

いつその事、ひと思ひに殺されてしまひたい。彼《あ》の人は私を睨み殺すかも知れない。生唾が、ゴクゴク舌の上を走る。

「許して下さい！」

泣き伏す事は、一層彼《こ》の人の胸をあほりたてるやうだけれど、私は自分がみじめに思へて仕方がなかつた、別れた男との幾月かを送つた此部屋の中に、色々な幻が泳いでゐて私をたまらなくした。

――引越さなくちやあ、とてもたまらない。私は机に伏さつたま丶郊外のさわやかな夏景色をグルグル頭に描いてみた。

雨の情熱はいつそう高まつて来た。


「僕を愛して下さい。だまつて僕を愛して下さい！」

「だからだまつて、私も愛してゐるではありませんか……」

せめて手を握る事によつてこの青年の胸が癒されるならば……。

私はもう男に放浪する事は恐ろしい。貞操のない私の体だけど、まだどこかに、一生を託す男が出てこないとも限らない。

でも此人は、新鮮な血の匂ひを持つてゐる。厚い胸・青い眉・太陽のやうな瞳《め》。あ丶私は激流のやうなはげしさで、二枚の脣を、彼《あ》の人の脣に押しつけてしまつた。

六月×日

淋しく候。

くだらなく候。

金が欲しく候。

北海道あたりの、アカシアのプンプン香る並樹鋪《なみきみち》を、一人できまゝに歩いてみたい。


「起きましたか！」

珍らしく五十里さんの声。

「え丶起きてます」

日曜なので、五十里さんと静栄さんと、吉祥寺《きちじようじ》の宮崎さんのアメチヨコハウスに行く。夕方ポーチで犬と遊んでゐたら、上野山《うえのやま》と云ふ洋画を描く人が遊びに来た。私は此人と会ふのは二度目だ。

私がをさない頃、近松さんの家に女書生にはいつてた時、此人は茫々とした姿で、牛の画《え》を売りに来た事がある。子供さんがジフテリヤで、大変佗し気な風采《すがた》だつた。靴をそろへる時、まるで河馬《かば》の口みたいに靴の底が離れてゐた。私は小さい釘《くぎ》を持つて来ると、そつと止めておいてあげた事がある。

きつと気がつかなかつたのかも知れない。

上野山さんは漂々と酒を呑みよく話した。

夜、上野山氏は一人で帰つて行つた。

地球の廻転椅子《かいてんいす》に腰を掛けて
ガタンとひとまはりすれば
引きづる赤いスリツパが
片つ方飛んでしまつた。

淋しいな……
オーイと呼んでも
誰も私のスリツパを取つてはくれぬ
度胸をきめて
廻転椅子から飛び降り
飛んだスリツパを取りに行かうか。

憶病な私の手はしつかり
廻転椅子にすがつてゐる。
オーイ誰でもいゝ

思ひ切り私の横面《よこつつら》を
はりとばしてくれ
そしてはいてるスリッパも飛ばしてくれ
私はゆつくり眠りたい。

落ちつかない寝床の中で、私はこんな詩を頭に描いた。下で三時の鳩時計が鳴る。

――一九二四――

赤いスリッパ

別れたはずなのに、高松の宿屋で男の電報を見ていそいそと田端に帰った芙美子。しかし男が女優を連れ込んでもつれあっているのを見てしまう。また別居。男は二ヶ月分の間代を置いて本郷に越していく。自暴自棄のおふみさん、「十五銭で接吻しておくれよ！」とちゃんぽんに酒を飲んで酔っ払う。「男なんてくだらない」風呂に入って爪を切っていると、画学生の吉田が来る。芙美子は自分が小さいので背の高い男に弱い。男の胸に顔を寄せる。しかしまた男ともめるのも嫌だ。別れた男が忘れられないし……。この章も「男の胸に顔を寄せた」のあとに伏字があるが、新潮文庫版では「悲しいような動悸《どうき》を聞いた。悩ましい胸の哀れなひびきの中に、しばし私はうっとりしていた」となっている。

隣の八畳部屋に別れた田辺の友人の五十里幸太郎が越してくる。

関東大震災でこの辺は焼けなかった。震災後は自警団が組織され、田端にいた芥川龍之介もその一員を務めている。自警団によっても朝鮮の人々は多く虐殺された。また社会主義者を一網打尽にする機会として、憲兵は予防検束の名で、彼らを捕えたばかりか、九月十六日にはアナキスト大杉栄とその妻伊藤野枝、甥《おい》の橘《たちばな》宗一《むねかず》が虐殺された。大杉栄を芙美子は大好きだった。南葛《なんかつ》労働会の平沢計七たちも殺された。芥川の自死は一九二七年の七月なので、芙美子とは田端で接近遭遇した可能性はある。

震災後の左翼はやりきれなかった。彼らの多くが溜《た》まったのは本郷白山上にあった書店南天堂である。二階に喫茶室があり、そこで芙美子はたくさんの若い詩人たちに出会った。岡本潤、壺井《つぼい》繁治《しげじ》、野村吉哉《よしや》、高橋新吉、萩原《はぎわら》恭次郎などを知る。大いに刺激され、芙美子は詩を書いて売り込む。

団子坂の友谷静栄の家に行く。お金持ちの学生神戸《かんべ》雄一がお金を出してくれて、同人詩集「二人」ができた。南天堂に寄ってみんなに配る。「とてもいゝものを出しましたね、お続けなさいよ」と辻《つじ》潤が励ます。前年秋に元の妻、伊藤野枝を虐殺されたダダイスト辻潤の姿。友谷は芙美子憧れの詩人岡本潤の恋人、岡本は確かに美男子だ。ちょっと妬ける。前橋生まれの萩原恭次郎は妻節子とともに千駄木町にいた。

それでも芙美子はまだセルロイド工場でキューピーの色ぬりも続けていたらしい。その体験を「工女の唄へる」に書き「文芸戦線」に出す。田端を通過する列車の音が潮鳴りのように響く。動坂の映画館に割引で見に行く。夜遅くなると入場料が安くなるのだ。吉田が留守中に来ている。「此男をこのまゝこさせなくするのも一寸淋しい気がした」。しかし「まだどこかに、一生を託す男が出てこないとも限らない」。そんな迷いの中で、唇を唇に押しつけた。

結局、芙美子は田端を引き払い、南天堂近くの炭屋の二階に引っ越す。そこで次の恋人となる詩人の野村吉哉と出会う。この年、本郷菊富士ホテルに小説家の宇野浩二を訪ねている。でも小説よりも街を歩く方が面白い、と芙美子は思った。

粗忽者《そこつもの》の涙

五月×日
世界は星と人とより成る。
嘘つけ！　エミイル・ヹルハアレンの世界と云ふ詩を読んでゐるとこんなくだらない事が書いてある。
何もかもあくびいっぱいの大空に、私はこの小心者の詩人をケイベツしてやらう。

人よ、攀《よ》ぢ難いあの山がいかに高いとても、
飛躍の念さへ切ならば、
恐れるなかれ不可能の、
金の駿馬《しゆんめ》をせめたてよ。

実につまらない詩だが、才子と見えて、実に巧《うま》い言葉を知つてゐる。

金の駿馬をせめたてよか………。


窓を横ぎつて、紅い風船が飛んで行く。

呆然たり、呆然たり、呆然たりか……。何と住みにくい浮世でござりませう。


故郷より手紙来る。

――現金主義になつて、自分の口すぎ位はこつちに心配かけないでくれ。才と云ふものに自惚《うぬぼ》れてはならない。お母さんも、大分衰へてゐる。一度帰つておいで、お前のブラブラ主義には不賛成です。

五円の為替を膝において、おあい、い、い、い、がたうご、ざ、い、ま、す。

私はなさけなくなつて、遠い故郷へ舌を出した。

六月×日
前の屍室《ししつ》に、今夜は青い灯《ひ》がついてゐる。又兵隊さんが一人死んだ。
青い窓の灯《ひ》を横ぎつて、通夜する兵隊さんの影が、二ツぼんやりうつゝてゐる。
「あら！　蛍が飛んどる」

井戸端で黒島さんの妻君が、ぼんやり空を見てゐる。

「ほんとう？」

寝そべつてゐた私も縁端に出てみたが、もう何も見えなかつた。

夜。

隣の壺井《つぼい》夫婦、黒島夫婦遊びに来る。

壺井さん曰《いわ》く、

――今日はとても面白かつた。黒島君と二人で市場へ、盥《たらい》を買ひに行つたら、金はらはないのに、三円いくらのつり銭とたらひをくれて一寸ドキツとしたね。

「まあ！　それはうらやましい、たしか、クヌウト・ハムスンの飢ゑと云ふ小説の中にも、蠟燭《ろうそく》を買ひに行つて、五クローネルのつり銭と蠟燭をたゞでもらつて来るところがありましたね」

私も夫も、壺井さんの話は非常にうらやましかつた。

梟《ふくろ》の鳴いてゐる、憂鬱な森蔭《もりかげ》に、泥沼に浮いた船のやうに、何と淋しい長屋だらう。

屍室と墓地と病院と、淫売宿のやうなカフヱーに囲まれた、この太子堂《たいしどう》の家もあきあきしてしまつた。

「時に、明日はたけのこ飯にしないかね」

「たけのこ盗みに行くか……」

三人の男たちは路の向ふの、竹藪を背にしてゐる、床屋の二階の飯田さんをさそつて、裏の丘へたけのこ盗みに出掛けて行つた。

女達は街の灯《ひ》を見たかつたけれど、あきらめて、太子堂の縁日を歩いた。

竹藪の小路に出した露店のカンテラの灯《ひ》が噴水の様に薫じてゐた。

六月×日
ほがらかな空なので、丘の上の絹のやうな緑を恋ひして、久し振りに、貧しい女と男は散歩に出る話をした。

鍵を締めて、一足おそく出ると、どつちへ行つたものか、男の蔭は見えない。

焦々《いらいら》して陽照りのはげしい丘の路を行つたり来たりしたが、随分おかしな話である。

あざみの茎のやうに怒りたつた男は、私の背をはげしく突くと閉ざした家へはしつてしまつた。

「オイ！　鍵を投げろッ！」

又か……私は泥棒猫のやうに、台所からはいると、男はいきなり、たわしや茶碗を私の胸に投げつける。

あゝ、この剽軽《ひょうきん》な粗忽者を、そんなにも貴方《あなた》は憎いと云ふのか……私はしよんぼり井戸端に立つて蒼い雲を見た。

右へ行く路が、左へまちがつたからつて、馬鹿だねえと云ふ一言ですむでないか。

私は自分の淋しい影を見てゐると、ふつと小学校時代に、自分の影を見ては空を見ると、その影が、空にもうつゝてゐるあの不思議な世界のあつた頃を思ひ出して、高々とした空を私は見上げた。

悲しい涙が湧きあふれて、私は地べたへしやがむと、カイロの水売りのやうな郷愁の唄をうたひたくなつた。


あゝ全世界はお父さんとお母さんでいつぱいなんだ。お父さんとお母さんの愛情が、唯一のものであると云ふ事を、私は生活にかまけて忘れてをりました。

前垂を掛けたまゝ竹藪や、小川や洋館の横を通つて、だらだらと丘を降りると、ポッポツ！　ポッポツ！　蒸汽船のやうな音がする。

あゝ尾道《おのみち》の海！　私は海近いやうな錯覚をおこして、子供のやうに丘をかけ降りた。

そこは交番の横の工場のモーターが唸《うな》つてゐるきりで、がらんとした広つぱ。

三宿《みしゆく》の停留場に、しばし私は電車に乗る人のやうに立つてゐたが、お腹《なか》がすいて、めがまひさうだつた。

「貴女《あなた》！　随分さつきから立つてゐらつしやいますが、何か心配ごとでもあるのではありませんか」

今さきから、ぢろぢろ私を見てゐた、二人の老婆が馴々しく近よると私の身体を四つの瞳で洗ふやうに見た。

笑ひながら涙をふりほどいてゐる私を連れて、この親切なお婆《ばあ》さんは、ゆるゆる歩きだすと、信仰の強さについて、足の曲つた人が歩けるやうになつたとか、悩みある人が、神の子として、元気に生活に楽しさを感じるやうになつたとか、天理教の話をしてくれた。

川添ひのその天理教の本部は、いかにも涼しさうに庭に水が打つてあつて、紅葉《もみじ》の青葉が、塀の外にふきこぼれてゐた。

二人の婆さんは神前に額《ぬか》づくと、やがて両手を拡げて、異様な踊を始めだした。

「お国はどちらでいらつしやいますか？」

白い着物をきた中年の男が、私にアンパンと茶をすゝめながら、私の侘しい姿を見た。

「別に国と云つて定まつたところはありませんけれど、原籍は鹿児島県東桜島です」

「ホウ……随分遠いんですなあ……」

私はもうたまらなくなつて、うまさうなアンパンを摘《つま》んで、一口嚙むと、案外固くつて、粉がボロボロ膝にこぼれ落ちていつた。

何もない。

何も考へる必要《こと》はない。

私はつと立つて神前に額づくと、プイと下駄をはいて表へ出てしまつた。

パン屑が虫歯の洞穴《ほらあな》の中で、ドンドンむれていつてもいゝ。只口の中に味覚があればいゝのだ。

家の前へ行くと、あの男と同じ様に固く玄関は口をつぐんでゐる。

私は壺井さんの家へ行くと、はろばろと足を投げ出して横になつた。

「お宅に少しお米ありませんか？」

人のいゝ壺井さんの妻君もへこたれて、私のそばに横になると、一握の米を茶碗に入れたのを持つて、生きる事が厭になつてしまつたわと云ふ話になつてしまつた。

「たい子さんとこ、信州から米が来たつて云つてたから、あそこへ行つてみませう」

「そりやあ、えゝなあ……」

そばにゐた伝治《でんじ》さんの妻君は両手を打つて子供のやうに喜ぶ。真実いとしい人だ。

六月×日

久し振りに東京へ出る。

新潮社で加藤さんに会ふ。詩の稿料六円戴く。

いつも目をつぶつて通る、神楽坂《かぐらざか》も今日は素的に楽しい街になつて、店の一ツ一ツを覗いて通る。

隣人とか
肉親とか
恋人とか
それが何であらう
生活の中の食ふと云ふ事が満足でなかつたら
描いた愛らしい花はしぼんでしまふ
快活に働きたいと思つても
悪口雑言の中に
私はいぢらしい程小さくしやがんでゐる。

両手を高くさしあげてもみるが

こんなにも可愛い、女を裏切つて行く人間ばかりなのか
いつまでも人形を抱いて沈黙《だま》つてゐる私ではない
お腹がすいても
職がなくつても
ウヲー！　と叫んではならないんですよ
幸福な方が眉をおひそめになる。

血をふいて悶死《もんし》したつて
ビクともする大地ではないんですよ
陳列箱に
ふかしたてのパンがあるが
私の知らない世間は何とまあ
ピアノのやうに軽やかに美しいのでせう。

そこで始めて
神様コンチクシヨウと吐鳴《どな》りたくなります。

長い電車に押されると、又何の慰さめもない家へ帰へらなければならない。
詩を書く事がたつた一つのよき慰さめ。
夜飯田さんとたい子さんが唄ひながら遊びに来る。
　俺んとこの
　あの美しい
　ケツコ　ケツコ鳴くのが
　ほしいんだらう……。
壺井さんとこで、豆御飯をもらふ。

六月×日
今夜は太子堂のおまつり。
家の縁から、前の広場の相撲場がよく見えるので、皆集つて見る。
「西！　前田河《まえだがわ》ア」
と云ふ行司の呼ぶ声に、縁側に爪先立つてゐた私達はドツと吹き出して哄笑した。
知つた人の名前なんか呼ばれると、とてもおかしくて堪《たま》らない。
貧乏してゐると、皆友情以上に、自分をさらけ出して一つになつてしまふ。
みんなよく話をした。

怪談なんかに話が飛ぶと、たい子さんは千葉の海岸で見た人魂《ひとだま》の話をよくした。この人は山国の生れか非常に美しい肌をもつてゐる。やつぱり男に苦労する人だ。夜更け一時過ぎまで花弄《はなあそび》をする。

×××

萩原《はぎわら》さんが遊びに来る。

酒は呑みたし金はなしで、敷蒲団一枚屑屋に壱円五拾銭で売る。お米がたりなかつたので、うどんの玉をかつてみんなで食べる。

酒の代りに焼酎を買つて来る。

　平手もて
吹雪にぬれし顔を拭く
友共産を主義とせりけり。

酒呑めば鬼のごとくに青かりし
大いなる顔よ
かなしき顔よ。

あゝ若人よ！　いゝぢやないか、いゝぢやないか、唄を知らない人達は、啄木を高唱してうどんをつゝき焼酎を呑んだ。

その夜、萩原さんを皆と一緒におくつて行つた夫が帰へつて来ると、蚊帳がないので部屋を締め切つて、蚊取り線香をつけて寝《しん》につくと、

「オーイ起ろ起ろ！」ドタドタと大勢の足音がして、麦ふみのやうに地ひゞきが頭にひゞく。

「寝たふりをするなよオ……」

「起きてゐるんだらう」

「起きないと火をつけるぞ！」

「オイ！　大根を抜いて来たんだよ、うまいよ起きないかい……」

飯田さんと萩原さんの声が入りまぢつて聞える。

私は笑ひながら沈黙《だま》つてゐた。

七月×日

朝、寝床の中ですばらしい新聞を読んだ。

本野《もとの》子爵夫人が、不良少年少女の救済をすると云ふので、円満な写真が新聞に載つてゐた。

あゝこんな人にでもすがつてみたら、何とか、どうにか、自分の行く道が開けはしないかしら……私も少しは不良ぢみてゐるしまだ廿三だもの、不良少女か、私は元気を出して飛びおきると、新聞に載つてゐる本野夫人の住所を切り抜いて私は麻布《あざぶ》のそのお邸へ出掛けて行つた。

折目がついてゐても浴衣は浴衣だけど、私は胸を空想で、いつぱいふくらませてゐた。

「パンおつくりになる、あの林さんでゐらつしやいますか？」

どういたしまして、パンを戴きに上りました林ですと心につぶやきながら、

「一寸おめにかゝりたいと思ひまして……」

「さうですか、今愛国婦人会の方ですが、すぐお帰りですから」

女中さんに案内されて、六角のやうに突き出た窓ぎわのソフアーに私は腰をかけて、美しい幽雅な庭にみいつてゐた。

蒼つぽいカーテンを通して、風までが高慢にふくらんではいつて来る。

「何《ど》う云ふ御用で……」

やがてづんぐりした夫人は、蟬《せみ》のやうに薄い黒い夏羽織を着てはいつて来た。

「あのお先きにお風呂をお召しになりませんか……」

どうも大したものだ、私は不良少女だつて云ふ事が厭になつて夫が肺病で困つてゐますから、少し不良少年少女をお助けになるおあまりを戴きたいと云つた。

「新聞で何か書いたやうでしたが、ほんのさう云ふ事業にお手助けしてゐるきりで、お困りのやうでしたら、九段《くだん》の婦人会の方へでもいらつしして、仕事をなさつては……」

程よく埃のやうに外にはふり出されると、彼女が、眉をさかだてゝなぜあの様な者を上へ上げましたツ！と女中を叱つてゐるであらう事を思ひ浮べて、ツバキをひつかけてやりたくなつた。

ヽへエー何が慈善だよ、何が公共事業だよだ。

夕方になると、朝から何も食べない二人は暗い部屋にうづくまつて、当のない原稿を書いた。

「ねえ、洋食を食べない……」

「へエ！」

「カレーライス、カツライス、それともビフテキ？」

「金があるのかい？」

「うん、だつて背に腹はかへられないでせう、だから晩に洋食を取れば、明日の朝まで金を取りにこないでせう」

初めて肉の匂ひをかぎ、ジユンジユンした油をなめると、めまひがしさうに嬉しくなる。

一口位は残しておかなくちや変よ。腹が少し豊かになると、生きかへつたやうに私達は思想に青い芽をふかす。

全く鼠も出ない有様なんだからなア――。

蜜柑箱の机に凭れて童話をかき初める。

外は雨の音、玉川の方で、ポンポン絶え間なく鉄砲を打つ音がする。深夜だと云ふのに、元気のいゝ事だ。

だが、いつまでも、こんな虫みたいな生活が続くのかしら、うつむいて子供の無邪気な物語りを書いてゐると、つい目頭が熱くなる。

イヽイビツな男とニヽンシキフヽソクヽの女では、一生たつたとて、白いおまんまが食へさうもないね。

――一九二五――

粗忽者の涙

一年ばかり飛んでいる。一九二五年、この頃芙美子は肺病を患う詩人、野村吉哉と世田谷の太子堂に住む。野村吉哉（一九〇一〜一九四〇）には詩集『星の音楽』『三角形の太陽』がある。南天堂での狂騒はそうは続かない。みんな少しずつ歳《とし》も重ね、静かで穏やかな暮らしを欲しがっていた。

壺井繁治と壺井栄、黒島伝治夫妻、野村吉哉と芙美子、男たちは飯田徳太郎を誘ってタケノコ掘り、というかタケノコを無断で竹林に盗みに行く。女たちはそれでタケノコ飯を作る。みんなアナキズム系の詩人や小説家。この中でいまも読まれているのは壺井栄の『二十四の瞳』くらいだろう。

三宿の停車場に立っていたが、お腹が空いて死にそうだ。これは当時の玉川電気鉄道（一九〇七年敷設・通称玉電）の駅。

太子堂は森陰にフクロウが鳴く田園だったが、明治の半ばから騎兵第一連隊を皮切りに多くの陸軍施設ができていった。芙美子の住まいは円泉寺《えんせんじ》の路地裏、第二衛《えい》戍《じゅ》病院（いまの国立成育医療研究センター）も近く、「兵営の屍室」が目の前だった。

六月、新潮社で加藤武雄に会い、「文章倶楽部」の原稿料六円もらう。

元野子爵夫人が不良少女の救済をすると聞いて行ってみる。本野一郎外務大臣の妻で、愛国婦人会会長を務めた本野久子であろう。肺病の夫を抱えている私を助けて。そう言って金がもらえるわけない。お金もないのに貧しい二人は破れかぶれで洋食の出前を取る。

雷　雨

七月×日

胸の凍るやうな佗しさだ。

夕方、頭の禿《は》げた男の云ふ事に、「俺はこれから女郎買ひに行くのだが、でもお前さんが好きになつたよ、どう……」私は白いヱプロンを、くしやくしやに円めて、涙を口にくゝむんだ。

「お母アさん！　お母アさん！」

何もかも厭になつて、二階の女給部屋の隅に寝ころぶ。鼠が群をなして這つてゐる。暗さが瞳《め》に沈むと、雑然《ごろごろ》と風呂敷包みが墓場の石塊《いしころ》のやうに転がつて、寝巻や帯が、海草のやうに壁に乱れてゐる。

煮えくり返へるやうな階下《した》の雑音《おと》の上に、おばけでも出て来さうに、シンと女給部屋は淋しい。

ドクドク流れ落ちる涙と、ガスのやうにシユウシユウ抜けて行く、悲しみの氾濫、何か正しい生活にありつきたい。
　何か落ちついて本が読みたい。

しふねく強く
家の貧苦、酒の癖、遊怠《あそび》の癖、
みなそれだ。
ああ、ああ、ああ、

切りつけろそれらに
とんでのけろ　はねとばせ
私が何べん叫びよばつた事か、苦しい、
血を吐くやうに芸術を吐き出して狂人のやうに踊りよろこばう。

槐多《かいた》はかくも叫びつゞけてゐる。こんなうらぶれた思ひの日、チヱホフよ、アルツイバアセフよシユニツラア、私の心の古里を読みたい。働くと云ふ事を辛いと思つた事はないが、今日ほど、今こそ字がなつかしい。だが今はみんなお伽話の人だ。薄暗がりの風呂敷の中に、私は直哉《なおや》の和解を思ひ出した。

こんなカフヱーの雑音《おと》に巻かれると、日記をつける事さへ、おつくうになつて来る。まづ雀《すずめ》が鳴いてゐるところ、朗らかな朝陽がウラウラ光つてゐるところ、陽にあたつて青葉の音が色が、雨のやうに薫じてゐるところ……槐多ではないが、狂人のやうに、一人居の住居《すまい》がイマ！　イマ！　恋しくなつた。

十方空《むな》しく御座候だ！

暗いので、只じつと瞳《め》をとじてゐる。

「オイ！　ゆみちやんはどこへ行つたんだい！」

階下《した》でお上さんが呼んでゐる。

「ゆみちやん居るの……お上さんが呼んでゝよ」

「歯が痛いから寝てるつて云つて下さい」

八重《やえ》ちやんが乱暴に階下《した》へ降りて行くと、漠々とした当のない痛い痛い気持ちが、ふくらがつて、いつそ死んでしまふたならと唄ひ出したくなる。

メフイストフエレスがそろそろ踊り出したぞ！　昔おえらいルナチヤルスキイとなん申します方が、

――生活とは何ぞや？　生ける有機体とは何ぞや？　と云つてござる。

ルナチヤルスキイならずとも、生活とは何ぞや！　生ける有機体とは何ぞや！　落ちたるマグダラのマリヤ！

死ぬんだ！

死ぬんだ！

自己保存の能力を叩きこはしてしまふのだ。私は頭の下に両手を入れると、死ぬる空想をした。毒薬を呑む空想をした。

「お女郎を買ひに行くより、お前が好きになつた」何と人生とはくだらない、、、朗らかである事だらう。

どうせ故郷もない私、だが一人のお母アさんの事を思ふと、切なくなる。泥棒になつてしまはうかしら、女馬賊になつてしまはうかしら……。別れた男の顔が、熱い瞼に押して来る。

「オイ！　ゆみちやん、女給が足りない事よく知つてんだらう、少々位は我慢して階下《した》へ降りとくれよ」

お上さんが、声を尖らせて梯子段を上つて来る。

あ、何もかも、一切合財が煙《けむ》だ砂だ、泥だ。私はヱプロンの紐《ひも》を締めなほすと、陽気に唄をくくみながら、海底《うみぞこ》のやうな階下《した》の雑音《おと》へ流れて行つた。

七月×日

朝から雨。

造つたばかりのコートを貸してやつた女は、たうとう帰つて来なかつた。一夜の足留りと、コートを借りて、蛾《が》のやうに女は他の足留りへ行つてしまつた。

「あんた人がいゝのよ、昔から人を見れば泥棒と思へつて言葉があるぢやないの」

八重ちやんが白いくるぶしを掻きながら私を嘲笑《あざわら》つてゐる。

「ヘヱ！　そんな言葉《あれ》があつたのかね。ぢや私も八重ちやんの洋傘《パラソル》でも盗んでドロンしちやはうかなア」

私がかう云ふと、寝ころんでゐた、由《よし》ちやんが、「世の中が泥棒ばかりだつたら痛快だわ……」

由ちやんは十九、サガレンで生れたのだと云つて白い肌が自慢だつた。

八重ちやんが肌を抜いでゐるかば色の地に、窓ガラスの青い雨の影が、キラキラ写つてゐる。煙草のけむり、女の呆然《けむり》。

「人間つてつまらないわね」

「でも木の方がよつぽどつまらないわ」

「火事が来たつて、大水が来たつて逃げられないから……」

「馬鹿ね！」

「ホツホツ誰だつて馬鹿ぢやないの――」

女達のおしやべりは、夏の青空《こころ》、あ丶私も鳥か何かに生れて来るとよかつた。

電気をつけて、阿弥陀を引く。

私は四銭。

女達はアスパラガスのやうに、ドロドロ白粉《おしろい》をつけかけたま丶皆ゾロリと寝そべつて、蜜豆を食べる。

雨がカラリと晴れて、窓に涼しい風が吹いてゐる。

「ゆみちやん！　あんたい丶人があるんぢやない！　私さう睨んだわ」

「あつたんだけど遠くへ行つちやつたのよ」

「素的ね！」

「あら、なぜ？」

「私別れたくつても、別れてくんないんですもの」

八重ちやんは空になつたスプーンを嘗めながら、今の男と別れたいわと云ふ。

どんな男と一緒になつても同じ事だと私が云ふと、

「そんな筈ないわ、石鹼だつて、拾銭のと五十銭のぢや随分品が違つてよ」

夜。

酒を呑む。

酒に溺れる。

もらひ――弐円四拾銭、アリガタヤ、カタヂケナヤ。

七月×日
心が留守になると、つまづきが多い。

ざんざ降りの雨の中を、私の自動車《くるま》は八王子《はちおうじ》街道を走つてゐる。

もつと早く！

もつと早く！

たまに自動車《くるま》に乗るといゝ気持ち。町にパッパッと灯《あかり》がつきそめる。

「どこへ行く？」

「どこだつていゝわ、ガソリンが切れるまで走つてよ」

運転台の松《まつ》さんの頭が少し禿げかけてゐる。若禿げかな。

午後からの公休日を所在なく消してゐると、自分で車を持つてゐる運転手の松さんが、自動車に乗せてくれると云ふ。

いゝいたなしまで来ると、赤土へ自動車《くるま》がこね上つて、雨のざんざ降りの漠々とした櫟《くぬぎ》の小道に、自動車はピッタリ止つてしまつた。

遠くの、眉程な山裾に、キラキラ灯《あかり》がついてゐるきりで、ざんざ降りの雨に、ゴロゴロ地鳴りのやうに雷が光りだした。

雷が鳴るとせいせいしていゝ気持ちだが、シボレーの古自動車《くるま》なので、雨がガラス窓に叩かれるたび、霧のやうなしぶきが車室にはいる。

そのたそがれた櫟《くぬぎ》の小道、自転車が一台通つたきりで、雨の怒号と、雷のネオン・サインだ。

「こんな雨ぢア道へ出る事も出来ないわね」

松つあんは、沈黙《だま》つて煙草を吸つてゐる。

だが、こんな善良さうな男に、こんなに芝居よりもうまうまとしたコンタンはあり得ない。

スイスイとしたいゝ気持ちだつた。

雷も雨も破れるやうな轟《ひびき》をしてくれ。

自動車《くるま》は雨に打たれたまゝ夜の櫟林に転がつてしまつた。

私は××××××を感じた。機械油くさい菜つぱ服に××××ると、私はおかしくもない笑ひがこみ上げて来た。

十七八の娘ではなし、私は逃げる道を上手に心得てゐる。

私が××××××××言つた事は、

「あんたは、まだ私を愛してるとも云はないぢやないの……暴力で来る愛情なんて、私大嫌ひ。私が可愛かつたら、もつとおとなしくならなくちやア厭！」

私は男の腕に女狼《おんなおおかみ》のやうな歯形《くち》を当てた。涙に胸がむせた。男の弱点《よわみ》と、女の弱点《よわみ》の闘争だ。雷と雨……夜がしらみかけた頃、男は汚れたまゝの顔を延ばして眠つてゐる。

遠くで青空《れいめい》をつげる鶏《とり》の声がする。朗らかな夏の朝、昨夜《ゆうべ》の情熱なんかケロリとして、風が絹のやうにしいゝいゝしゆうしゆう流れてゐる。

此男があの人だつたら……コツケイな男の顔を自動車《くるま》に振り捨てたまゝ私は泥んこの道に降りた。

紙一重の昨夜《ゆうべ》のつかれに、腫れぼつたい瞳《め》を風に吹かせて、久し振りに晴々と故郷のやうな路を歩いた。

芙美子はケイベツすべき女でムいます《ござ》！

荒みきつた私は、つツと櫟林を抜けると、松さんがいぢらしくなつた。疲れて子供のやうに自動車《くるま》に寝てゐる男の事を思ふと、走つて帰へつておこしてやらうかしら……でも恥づかしがるかしら、私は松さんが落ちついて、運転台で煙草を吸つてゐた事を思ふと、やつぱり厭な男に思へた。

誰か、私をいとしがつてくれる人はないか——遠くへ去つた男がツと思ひ出されたが、七月の空に流離の雲が流れてゐる、私の姿だ。野花を摘み摘み、プロヴアンスの唄をうたつた。

八月×日

女給達に手紙を書いてやる。

秋田から来たばかりの、おみきさんが鉛筆を嘗めながら眠りこけてゐる。

酒場ではお上さんが、一本のキング・オブ・キングを清水《みず》で七本に利殖してゐる。

埃と、むし暑さ、氷を沢山呑むと、髪の毛が抜けると云つて氷を呑まない由ちやんも、冷蔵庫から氷の塊を盗んで来ては、ハリハリ噛んでゐる。

「一寸！　ラブレターつて、どんな書出しがいゝの……」

八重ちやんが真黒な瞳《め》をクルクルさせて、赤い脣を鳴らす。

秋田とサガレンと、鹿児島と千葉の呆然《けむり》のやうな女達が、カフヱーのテーブルを囲んで、遠い古里に手紙を書いてゐる。

街に出てメリンスの帯を一本買ふ。壱円弐銭——八尺——。

何か落ちつける職業はないかと、新聞の案内欄を見る。いつもの医専の群、ハツラツとした男の体臭が汐のやうに部屋に流れて、学生好きの、八重ちやんは、書きかけのラブレターをしまつて、両手で乳をおさへてしなをつくる。


二階では由ちやんが、サガレン時代の業だと云つて、私に見られたはづかしさに、プンプン匂ふ薬をしまつてゴロリと寝ころんだ。

「面白くないね」

「ちつともね」

私はお由さんの白い肌を見ると、妙に悩やましかつた。

「私これで子供二人生んだのよ」

お由さんはハルピンのホテルの地下室で生れたのを振り出しに、色んなところを歩いて来たらしい。

子供は朝鮮のお母さんにあづけて、子供のでない男と東京へ流れて来ると、お由さんはおきまりの男を養ふためのカフヱー生活《ぐらし》。

「着物が一二枚出来たら、銀座へ乗り出さうかと思つてるの」

「いつまでもやる仕事ぢやないわね、体がチヤチになつてよ」

春夫の車窓残月の記を読んでゐると、何だか、何もかも夢のやうにと一言瞳《め》を射た優さしい柔い言葉があつた。

何もかも夢のやうに……落ちついて小説や詩が書きたい。

キハツで紫の衿《えり》をふきながら、

「ゆみちやん！　どこへ行つてもたより頂戴よ」

由ちやんが涙つぽく私へ――え、何でもかでも夢のやうに――ね。

「そんなほんゝ面白い」

「うん、ちつとも」

「いゝほんぢやないの……私高橋おでんの小説読んだわ」

「こんなほんゝ読むと、自分が憂鬱《さびしく》なるきりよ」

八月×日
外《ほか》のカフヱーでもさがさうかな。
まるでアへンでも吸つてゐるやうに、ずるずると此仕事に溺れて行く事が悲しい。
毎日雨が降る。

――こゝに吾等《われら》は芸術の二ツの道、二ツの理解を見出《みいだ》す。人間が如何《いか》なる道によつて進むか、夢想！　美の小さなオアシスの探求の道によつてか、それとも能動的な創造の道によつてかは、勿論《もちろん》、一部分理想の高さに関係する。理想が低ければ低いほど、それだけ人間は実際的であり、この理想と現実との間の深淵《しんえん》が彼にはより少く絶望的に思はれる。けれども主として、それは人間の力の分量に、エネルギイの蓄積に、彼の有機体が処理しつゝある営養の緊張力に関係する。緊張せる生活はその自然的な補ひとして創造、争闘の緊張、翹望《ぎようぼう》を持つ——女達が風呂に出はらつた後のヒルの女給部屋で、ルナチヤルスキイの、実証美学の基礎を読んでゐると、こんな事が書いてあつた。科学的に処理してある言葉を見ると、どうにも動きのとれない今の生活と、感情のルンペンさが、まざまざと這ひ出て、私は暗くなる。

勉強したいと思ふあとから、とてつもなくだらしのない不道徳な野性が、私の体中を馳《はせ》りまはる。

みきはめのつかない生活、死ぬるか生きるかの二ツの真蒼《まつさお》な道……。

夜になれば、白人国に買はれたニグロのやうな淋しさで埒《らち》もない唄をうたふ。

メリンスの着物は、汗で裾にまきつくと、すぐピリツと破けてしまふ。実もフタもない此あつさでは、涼しくなるまで、何もかもおあづけで、カツ一丁上つたよッ！か——。

何の条件もなく、一ケ月卅円もくれる人があつたら、私は満々としたい、詩を書いてみたい。いゝ小説をかいてみたい。

——一九二五——

雷雨

野村吉哉との暮らしが切羽詰まって別れる。野村は肺病で、収入がなく、しかもＤＶ癖があった。

芙美子は新宿でカフェの女給になる。今のカフェと違って、その頃のカフェは酒を出し、白いレースのエプロンをつけた女が酒を注《つ》いで相手をする。銀座の「カフェ・ライオン」「カフェ・タイガー」を皮切りに、浅草や新宿にもできていく。

ここでの芙美子の源氏名は「ゆみちゃん」。女を落とすのは簡単だと思い込んでいる客に言い寄られる。「俺はこれから女郎買ひに行くのだが、でもお前さんが好きになつたよ」。ふざけんじゃねえ、女給は淫売婦じゃないんだ。死ぬんだ死ぬんだ。女馬賊になってしまえ。芙美子は自暴自棄である。しかしチップ二円四十銭。これはとうてい女工や事務員では稼げない額。

シボレーの中古車を持っている運転手の松つぁんにドライブに誘われて「一緒にならないか」と囁《ささや》かれる。「あんたは、まだ私を愛してるとも云はないぢやないの」。だんだん男のあしらい方に長《た》けてくる。危機を脱する方法も知る。芙美子はけっこうモテたようだ。声がよく、話が面白く、歌も踊りもやってみせた。そういうところは写真には写らない。

同僚はみんな東京の底で生きているワケありの女ばかり。ハルビン生まれ、サガレン（樺太）にもいた由ちゃんが言う。「私これで子供二人生んだのよ」。

落ち着いて小説や詩が書きたいと思ってもかなわなかった。仕事の合間にそれでも芙美子は本を読む。詩人村山槐多、志賀直哉の『和解』、『ファウスト』のメフィストフェレス、ロシアの批評家ルナチャルスキの論文「実証美学の基礎」までがカフェの二階での思索に登場する。

秋が来たんだ

十月×日
一尺四方の四角な天窓を眺めて、始めて紫色に澄んだ空を見た。

秋が来たんだ。コック部屋で御飯を食べながら、私は遠い田舎の秋をどんなにか恋ひしく懐しく思つた。

秋はいゝな……。

今日も一人の女が来た。マシマロのやうに白つぽい一寸面白さうな女、厭になつてしまふ、なぜか人が恋ひしい。

そのくせ、どの客の顔も一つの商品に見えて、どの客の顔も疲れてゐる。なんでもいゝ私は雑誌を読む真似をして、ぢつと色んな事を考へてゐた。やり切れない。なんとかしなくては、全く自分で自分を朽ちさせてしまふやうだ。

十月×日

広い食堂《ホール》の中を片づけてしまつて始めて自分の体になつたやうな気がする。真実《ほんと》に何か書きたい。それは毎日毎晩思ひながら、考へながら、部屋へ帰るんだが、一日中立つてゐるので疲れて夢も見ずに寝てしまふ。

淋しいなあ。ほんとにつまらないいなあ……。住込みは辛い。その内通ひにするやうに部屋を探さうと思ふが、何分出る事も出来ない。

夜、寝てしまふのがをしくて、暗い部屋の中でじつと目を開けてゐると、溝《どぶ》の処《ところ》だらう。チロチロ……虫が鳴いてゐる。

冷い涙が不甲斐《ふがい》なく流れて、泣くまいと思つてもせぐりあげる涙をどうする事も出来ない。何とかしなくてはと思ひながら、古い蚊帳の中に、樺太の女や、金沢の女達と三人枕を並べてゐるのが、何だか店に洒《さら》された茄子《なす》のやうで佗しい。

「虫が鳴いてるやう……」

そつと私が隣のお秋《あき》さんにつぶやくと、

「ほんとにこんな晩は酒でも呑んで寝たいわね」

梯子段の下に枕をしてゐた、お俊《とし》さんまでが、

「へん、あの人でも思ひ出したかい……」

皆淋しいお山の閑古鳥《ひとりぼつち》。

何か書きたい。何か読みたい。ひやひやした風が蚊帳の裾を吹く、十二時だ。

十月×日

少しばかりのお小遣ひが貯《たま》つたので、久し振りに日本髪に結ふ。

日本髪はいゝな、キリ、と元結を締めてもらふと眉毛が引きしまつて、たつぷりと水を含ませた鬢出しで前髪をかき上げると、ふつさりと額に垂れて、違つた人のやうに美しくなる。

鏡に色目をつかつたつて、鏡が惚れてくれるばかり。日本髪は女らしいね。こんなに綺麗に髪が結べた日にやあ、何処かい行きたい汽車に乗つて遠くい遠くい行きたい。

隣の本屋で銀貨を一円札に替へてもらつて故里のお母さんの手紙の中に入れてやつた。喜ぶだらう。

手紙の中からお札が出て来る事は私でも嬉しいもの……。

ドラ焼きを買つて皆と食べた。

今日はひどい嵐、雨が降る。

こんな日は淋しい。足がガラスのやうに固く冷える。

十月×日

静かな晩だ。

「お前どこだね国は？」

金庫の前に寝てゐる年取つた主人が、此間来た俊ちやんに話しかける。寝ながら他人《ひと》の話を聞くのも面白い。

「私でしか……樺太です。豊原《とよはら》つて御存知でしか？」

「樺太から？　お前一人で来たのかね」

「えゝ！」

「あれまあ、お前きついい女だね」

「長い事函館の青柳町《あおやぎちょう》にもゐた事があります」

「いゝ所に居たんだね、俺も北海道だよ」

「さうでせうと思ひました。言葉にあちらの訛がありますもの」

啄木の歌を思ひ出して真実俊ちやんが好きになつた。

　函館の青柳町こそ悲しけれ
　友の恋歌
　矢車の花。

いゝね。生きてゐる事もいゝね。真実《ほんと》に何だか人生も楽しいものゝやうに思へて来た。

皆い丶人達ばかりだ。

初秋《はつあき》だ、うすら冷い風が吹く。

佗しいなりにも何だか女らしい情熱《こころ》が燃えて来る。

十月×日
お母さんが例のリウマチで、体具合が悪いと云つて来た。

もらひがちつとも無い。

客の切れ間に童話を書く、題「魚になつた子供の話」十一枚。

何とかして国へ送つてあげやう。老いて金もなく頼る者もない事は、どんなに悲惨な事だらう。

可哀想なお母さん、ちつとも金を無心して下さらないので余計どうしてゐらつしやるかと心配します。


「その内お前さん、俺んとこへ遊びに行かないか、田舎はい丶よ」

三年も此家《うち》で女給をしてゐるお計《けい》ちやんが男のやうな口のき丶かたでさそつてくれた。

「え丶……行くとも、何日《いつ》でも泊めてくれて?」

私はそれまで少し金を貯めやう。

い丶なあ、こんな処の女達の方がよつぽど親切で思ひやりがある。

「私あ、もう愛だの恋だの、貴女《あなた》に惚れました、一生捨てないのなんて馬鹿らしい事は真平だよ。あ丶こんな世の中でお前さん！　そんな約束なんて何もなりはしないよ。私をこんなにした男は今、代議士なんてやつてるけど子供を生ませると、ぷいさ。私達が私生児を生めば皆《みんな》そいつがモダンガールだよ、い丶面の皮……馬鹿馬鹿しい浮世は、今の世は真心なんてものは、薬にしたくもないよ。私がかうして三年もこんな仕事をしてるのは、私の子供が可愛いからさ……ハツハツ……」

お計さんの話を聞いてゐると、ジリジリとしてゐた気持が、トンと明るくなる。素的にい丶人だ。

十月×日

ガラス窓を、眺めてゐると、雨が電車のやうに過ぎて行つた。

今日は少しかせいだ。

俊ちやんは不景気だつてこぼしてゐる。でも扇風器の台に腰を掛けて、憂鬱《さびし》さうに身の上話をしたが、正直な人だ。

浅草の大きなカフヱーに居て、友達にいぢめられて出て来たんだが、浅草の占師に見てもらつたら、神田の小川町《おがわまち》あたりがい丶つて云つたので来たのだと云つてゐた。

お計さんが、

「おい、こゝは錦町《にしきちょう》になってるんだよ」

と云つたら、

「あらさうかしら……」

とつまらなさうな顔をしてゐた。

此の家では一番美しくて、一番正直で、一番面白い話を持つてゐた。

メリーピックホードの瞳《め》を持つて、スワンソンのやうな体つきをしてゐた。

十月×日
仕事をしまつて湯にはいるとせいせいする。広い食堂を片づけてゐる間に、コックや皿洗ひ達が先湯をつかつて、二階の広座敷へ寝てしまふと、私達はいつまでも湯を楽しむ事が出来た。
湯につかつてゐると、一寸も腰掛けられない私達は、皆疲れてゐるのでうつとりとしてしまふ。
秋ちゃんが唄ひ出すと、私は莫蓙の上にゴロリと寝そべつて、皆《みんな》が湯から上つてしまふまで、聞きとれてゐるのだつた。

貴方《あなた》一人に身も世も捨てた
私しや初恋しぼんだ花よ。

何だか真実《ほんと》に可愛がつてくれる人が欲しくなつた。

だが、男の人は嘘つきが多いな。

金を貯めて呑気な旅でもしよう。


――此秋ちゃんについては面白い話がある。

秋ちゃんは大変言葉が美しいので、昼間の三十銭の定食組みの大学生達は、マーガレツトのやうにカンゲイした。

十九で処女で、大学生が好き。

私は皆《みんな》の後《うしろ》から秋ちゃんのたくみに動く瞳《め》を見てゐた。目の縁の黒ずんだ、そして生活に疲れた衿首の皺を見てゐると、けつして十九の女の持つ若さではなかつた。

其《そ》の来た晩に、皆で風呂にはいる時、秋ちゃんは佗しさうにしよんぼり廊下の隅に立つてゐた。

「おい！　秋ちゃん、風呂へはいつて汗を流さないと体がくさつてしまふよ」

お計さんはキユキユ歯ブラシを使ひながら大声で呼びたてた。

やがて秋ちゃんは手拭で胸を隠すと、そつと二坪ばかりの風呂場へはいつて来た。

「お前さん！　赤ん坊を生んだ事があるだらう……」

——庭は一面に真白だ！

お前忘れやしないだらうね。ルユーバ？　ほら、あの長い並木道が、まるで延ばした帯皮《おびかわ》のやうに、何処までも真直《まつす》ぐに長く続いて、月夜の晩にはキラキラ光る。お前覚えてゐるだらう？　忘れやしないだらう？

……………。

——さうだよ。此桜の園まで借金のかたに売られてしまふのだからね、どうも不思議だと云つて見た処で仕方がない……。

と、桜の園のガーヱフの独白《せりふ》を別れたあの男はよく云つてゐた。

私は何だか塩つぱい追憶に耽《ふけ》つて、歪んだガラス窓の白々とした月を見てゐる時だつた。

お計さんの癇高《かんだか》い声に驚いてお秋さんを見た。

「え丶私ね、二ツになる男の子があるのよ」

秋ちゃんは何のためらひもなく、乳房を開いてドボン！　と湯煙をあげた。

「うふ……私処女よ、も、をかしなものさね。私しやお前さんが来た時から睨んでゐたよ。だがお前さんだつて何か悲しい事情があつて来たんだらうに、亭主はどうしたの」

「肺が悪るくて、赤ん坊と家《うち》にゐるのよ」

不幸な女が、あそこにもこゝにもうろうろしてゐる。

「あら！　私も子供を持つた事があるのよ」

肥《ふと》つてモデルのやうにしなしなした手足を洗つてゐた俊ちやんがトンキヨウに叫んだ。

「私のは三月目でおろしてしまつたのよ。だつて癪《しやく》にさわつたからさホツホ……。私は豊原の町中で誰も知らない者がない程華美《はで》な暮しをしてゐたのよ。私がお嫁に行つた家《うち》は地主だつたけど。ひらけてゐて私にピヤノをならはせてくれたの。ピヤノの教師つても東京から流れて来たピヤノ弾きよ。そいつにすつかり欺《だま》されてしまつて、私子供を孕んでしまつたの。そいつの子供だつてことは、ちやんと判つてゐたから云つてやつたわ。そしたら、そいつの言ひ分がいゝぢやないの——旦那さんの子にしときなさい——だつてさ、だから私口惜《くや》しくて、そんな奴の子供なんか生んぢや大変だと思つて辛子を茶碗一杯といて呑んだわよホツホ……どこまで逃げたつて追つかけて行つて、人の前でツバを引つかけてやるつもりさ」

「まあ……」

「えらいね、あんたは……」

仲間らしい讃辞《さんじ》がしばしは止まなかつた。

お計さんは飛び上つて風呂水を何度も何度も、俊ちやんの背に掛けてやつた。

私は息づまるやうな切なさで聞いてゐた。

弱い私、弱い私……私はツバを引つかけてやるべき、裏切つた男の頭をかぞへた。

お話にならない大馬鹿者は私だ！　人のいゝつて云ふ事が何の気安めにならうか――。

十月×日

……ふと目を覚ますと、俊ちやんはもう仕度をしてゐた。

「寝すぎたよ、早くしないと駄目だよ」

湯殿に皆荷物を運ぶと、私はホツとした。

博多帯を音のしないやうに締めて、髪をつくらふと、私はそつと二人分の下駄を土間からもつて来た。朝の七時だと云ふのに、料理場は鼠がチロチロして、人のいゝ主人の鼾《いびき》も平らだ。

お計さんは子供の病気で昨夜《ゆうべ》千葉へ帰つてしまつた。

真実《ほんと》に、学生や定食の客ばかりでは、どうする事も出来なかつた。

止めたい止めたいと俊ちやんと二人でひそひそ語りあつてゐたもの、、みすみす忙がしい昼間の学生連と、少い女給の事を思ふと、やつぱり弱気の二人は我慢しなければならなかつた。

金が這入らなくて道楽にこんな仕事も出来ない私達は、逃走《にげ》るより外《ほか》なかつた。

朝の誰もゐない広々とした食堂の中は恐ろしく深閑として、食堂《ホール》のセメントの池に、赤い金魚がピチピチはねてゐる丈で、灰色に汚れた空気がよどんでゐた。

路地口の窓を開けて、俊ちやんは男のやうにピヨイと飛び降りると、湯殿の高窓から降した信玄袋を取りに行つた。

私は二三冊の本と化粧道具を包んだ小さな包みきりだつた。

「まあこんなにあるの……」

俊ちやんはお上《のぼ》りさんのやうな格好で、蛇の目の傘と空色のパラソル、それに樽《たる》のやうな信玄袋を持つて、まるで切実な一つの漫画だつた。

小川町の停留所で四五台の電車を待つたが、登校時間だつたのか来る電車は学生で満員だつた。

往来の人に笑はれながら、朝のすがすがしい光りをあびてゐると顔も洗はない昨夜《ゆうべ》からの私達は、インバイのやうにも見えたらう。

たまりかねて、二人はそばやに飛び込むと始めてつゝぱつた足を延した。そば屋の出前持の親切で、円タクを一台頼んでもらふと、二人は約束しておいた新宿の八百屋の二階へ越して行つた。

自動車に乗つてゐると、全く生きる事に自信が持てなかつた。

ぺしやんこに疲れ果てゝしまつて、水がやけに飲みたかつた。

「大丈夫よ！　あんな家なんか出て来た方がいゝのよ。自分の意志《こころ》通りに動けば私は後悔なんてしないよ」

「元気を出して働くよ。あんたは一生懸命勉強するといゝわ……」

私は目を伏せてゐると、サンサンと涙があふれて、たとへ俊ちやんの言つた事が、センチメンタルな少女《むすめ》らしい夢のやうなことであつても今のたよりない身には、只わけもなく嬉しかつた。

あゝ！　国へ帰らう……お母さんの胸ん中へ走つて帰らう……自動車《くるま》の窓から、朝の健康な青空を見た。走つて行く屋根を見た。

鉄色にさびた街路樹の梢《こずえ》にしみじみ雀のつゝぷてを見た。

うらぶれていどのかゝたひとならうとも
故里は遠きにありて思ふもの…………

かつてこんな詩を読んで感心した事があつた。

十月×日

愁々とした風が吹くやうになつた。

俊ちやんは先《せん》の御亭主に連れられて樺太に帰つてしまつた。

――寒くなるから……――と云つて、八端《はつたん》のドテラをかたみに置いて東京をたつてしまつた。

私は朝から何も食べない。童話や詩を三ツ四ツ売つてみた所で、白いおまんまが、一ケ月のどへ通るわけでもなかつた。

お腹がすくと一緒に、頭がモウロウとして、私は私の思想にもカビを生やしてしまつた。

あゝ私の頭にはプロレタリヤもブルジヨアもない。たつた一握《ひとにぎり》の白い握り飯が食べたい。いつそ狂人になつて街頭に吠《ほ》えようか！

「飯を食はせて下さい」

眉をひそめる人達の事を思ふと、いつそ荒海のはげしい情熱の中へ身をまかせようか。夕方になると、世俗の一切を集めて茶碗のカチカチと云ふ音が下から聞えて来る。グウグウ鳴る腹の音を聞くと、私は子供のやうに悲しくなつて、遠くに明るい廓《くるわ》の女郎達がふつと羨ましくなつた。

沢山の本も今はもう二三冊になつて、ビール箱には、善蔵の『子を連れて』だの『労働者セイリヨフ』直哉の『和解』がさゝくれてボサリとしてゐた。

「又、料理店でも行つてかせぐかな」

ちんとあきらめてしまつた私は、おきやがりこぼしのやうに変にフラフラした体を起して、歯ブラシや石鹼や手拭を袖に入れると、風の吹く夕べの街へ出た。

――女給入用――のビラの出てゐさうなカフヱーを次から次へ野良犬のやうに尋ねて……只食ふ為《ため》に、何よりもかによりも私の胃の腑《ふ》は何か固形物を欲《ほ》しがつてゐた。

あゝどんなにしても食はなければならない。街中が美味《おいし》さうな食物《たべもの》ぢあないか！

明日は雨かも知れない。重たい風が漂々と吹く度に、昂奮《こうふん》した私の鼻《はな》穴に、すがすがしい秋の果実店《くだものや》からあんなに芳烈な匂ひがする。

――一九二五――

秋が来たんだ

今度は神田錦町。食堂の住み込みの仲居になる。客の切れ間に童話を書く。同輩の俊ちゃんは樺太の地主の妻だった。男っぽいサバサバしたシングルマザーのお計ちゃん、言葉のきれいな秋ちゃん、そして芙美子。ここで遭遇した女の間には強い連帯感、シスターフッドがある。

　帳場や厨房の男たちの後、ゆっくりお風呂に入る。秋ちゃんは十九歳の処女ではない、と踏んだ。お計さんも「お前さん！　赤ん坊を生んだことがあるだらう」と裸を見て問いかける。秋ちゃんはうなずく。夫は「肺が悪るくて、赤ん坊と家にゐるのよ」。樺太から来た俊ちゃんも言う。「私のは三月目でおろしてしまったのよ」。男と深い仲になっても、妊娠、出産、育児という重荷は女が抱え込む。しかも女たちは病気や怠け者、ヤクザの男に貢いでいる。

　主人は人がいいが、学生や定食の客相手では食えない。俊ちゃんと朝七時に荷物を持って逃げた。新宿の八百屋の二階へ引っ越す。秋だ。果物がおいしそうだ。こんな時でも食欲だけは衰えない。「女人藝術」では、この章が最初に掲載された。

濁り酒

十月×日
焼栗《やきぐり》の声がなつかしい頃になつた。

廓を流して行く焼栗のにぶい声を聞いてゐると、ほろほろと淋しくなつて暗い部屋の中に、私はしよんぼりじつと窓を見てゐた。

私は小さい時から、冬になりかけると、よく歯が痛んだ。

まだ母親に甘へてゐる時は、畳に転々《ごろごろ》泣き叫び、ビタビタの梅干を顔一杯塗つて貰つては、しやつくりをして泣いてゐる私だつた。

だが、やうやく人生も半ば近くに達し、旅の空の、かうした侘しいカフヱーの二階に、歯を病んで寝てゐると、ぢき故郷の野や山や海や、別れた人達の顔を思ひ出す。

水つぽい瞳《め》を向けてお話をするのゝ様は、歪んだ窓外の漂々としたお月様ばかり……。

「まだ痛む……」

そつと上つて来たお君《きみ》さんの大きいひさし髪が、月の光りで、黒々と私の上におほひかぶさると、今朝から何も食べない私の鼻穴《はな》に、プンと海苔《のり》の香をたゞよはせて、お君さんは枕元にそつと寿司皿を置いた。そして黙つて、私のみひらいた目を見てゐた。

優しい心づかひだ……わけもなく、涙がにじんで、薄い蒲団の下からそつと財布を出すと、君ちやんは、

「馬鹿ね!」

厚紙でも叩くやうな軽い痛さで、お君さんは、ポンと私の手を打つと、蒲団の裾をジタジタとおさへてそつと又、裏梯子を降りて行つた。

あゝなつかしい世界だ。

十月×日
風が吹く。
夜明近く水色の細い蛇が、スイスイと地を這つてゐる夢を見た。
それにとき色の腰紐が結ばれてゐて、妙に起るときから、胸さわぎのするやうない、事が、素的に楽しい事があるやうな気がする。

朝の掃除がすんで、じつと鏡を見てゐると、蒼くむくんだ顔は、生活に疲れ荒《す》さんで、私はあゝと長い溜息《ためいき》をついた。壁の中にでもはいつてしまひたかつた。

今朝も泥のやうな味噌汁と、残り飯かと思ふと、支那そばでも食べたいなあと思つた。私は何も塗らない、ぼんやりとした顔を見てゐると、急に焦々《いらいら》として、唇に紅々と、べにを引いてみた。

あの人はどうしてゐるかしら……AもBもCも、切れ掛つた鎖をそつと摑まふとしたが、お前達はやつぱり風景《こころ》の中の並樹だよ……神経衰弱になつたのか、何枚も皿を持つ事が恐ろしくなつた。

いゝのれん越しにすがすがしい朝の盛塩を見てゐると、女学生の群に蹴飛ばされて、さつと散つては山がずるずるとひくくなつて行く。

私が此家に来て二週間、もらひはかなりある。朋輩《ほうばい》が二人。

お初《はつ》ちゃんと言ふ女は、名のやうに初々しくて、銀杏返のよく似合ふほんとに可愛い娘《こ》だつた。

「私は四谷で生れたのだけど、十二の時、よその叔父さんに連れられて、満洲《まんしゆう》にさらはれて行つたのよ。私芸者屋にぢき売られたから、その叔父さんの顔もぢき忘れつちまつたけど……私そこの桃千代《ももちよ》と云ふ娘と、よく広いつるつるした廊下をすべりつこしたわ、まるで鏡みたいだつた。

内地から芝居が来ると、毛布をかぶつて、長靴をはいて見にいつたわ。土が凍つてしまふと、下駄で歩けるのよ。だけどお風呂から上ると、鬢の毛がピンとして、をかしいわよ。私六年ばかりゐたけど、満洲の新聞社の人に連れて帰つてもらつたのよ」

客の飲み食ひして行つた後の、テーブルにこぼれた酒で字を書きながら、可愛らしいお初ちゃんは、重たい口で、こんな事を云つた。

も一人私より一日早くはいつたお君さんは脊の高い母性的な、気立のいゝ女だつた。

廓の出口にある此店は、案外しつとり落ついてゐて、私は二人の女達ともぢき仲よくなれた。

こんな処に働いてゐる女達は、始めどんな意地悪るくコチコチに要心して、仲よくなつてくれなくつても、一度何かのはずみでか、真心を見せると、他愛もなく、すぐまゐつてしまつて、十年の知己のやうに、まるで姉妹《きようだい》以上になつてしまふ。客が途絶えると、私達はよくかたつむりのやうにまるくなつた。

十一月×日

どんよりとした空。

君ちやんとさしむかひで、ぢつとしてゐると、むかあしかいだ事のある、何か黄《き》ろつぽい花の匂ひがする。

夕方、電車通りの風呂から帰つて来ると、いつも呑んだくれの大学生の水野さんが、初ちやんに酒をつがして呑んでゐた。

「あんたはたうとう裸を見られたわよ」

お初ちやんがニタニタ笑ひながら、鬢窓に櫛《くし》を入れてゐる私の顔を鏡越しに見て、かう云つた。

「あんたが風呂に行くとすぐ水野さんが来て、あんたの事聞いたから、風呂つて云つたの……」

呑んだくれの大学生は、風のやうに細い手を振りながら、頭をトントン叩いてゐた。

「嘘だよ！」

「アラ！　今言つたじやないの……水野さんてば、電車通りへいそいで行つたから、どうしたのかと、思つてたら、帰つて来て、水野さん、女湯をあけたんですつて、そしたら番台でこつちは女湯ですよツ……て言つたつてさ、そしたら、あゝ病院とまちがへましたつてぢつとしてたら丁度あんたが、裸になつた処だつて、水野さんそれやあ大喜びなの……」

「へん！　随分助平な話ね」


私はやけに頬紅をはくと、大学生は薄いコンニヤクのやうな手を合はせて、

「怒つた？　かんにんしてね！」

裸が見たけりや、お天陽様《てんとう》の下に真裸《まつぱだか》になつて見せるよツ！　とよつぽど、吐鳴つてやりたかつた。


一晩中気分が重つくるしくつて、私はうで卵を七ツ八ツパツチンパツチンテーブルへぶつゝけてわつた。

十一月×日

秋刀魚を焼く匂ひは季節の呼び声だ。

夕方になると、廓の中は今日も秋刀魚の臭ひ、お女郎は毎日秋刀魚じやあ、体中うろこが浮いてくるだらう……。

夜霧が白い白い。電信柱の細つこい姿が針のやうに影を引いて、のれんの外にたつて、ゴウゴウ走つて行く電車を見てゐると、なぜかうらやましくなつて鼻の中がジンと熱くなる。

蓄音器のこはれたゼンマイは、昨日《きのう》もかつぽれ今日もかつぽれだ。

生きる事が実際退屈になつた。

こんな処で働いてゐると、荒さんで、荒さんで、私は万引でもしたくなる。女馬賊にでもなりたくなる。

インバイにでもなりたくなる。

若い姉さんなぜ泣くの

薄情男が恋ひしいの……

誰も彼も、誰も彼も、ワツハ！　ワツハ！　あゝ地球よパンパンと真二つになれツ、私を嘲笑つてゐる顔が幾つもうようよしてゐる。

「キング・オブ・キングスを十杯飲んでごらん、拾円のかけだ！」

どつかの呑気坊主が、厭にキンキラ頭を光らせて、いれずみのやうな拾円札を、ビラリツとテーブルに吸ひつかせた。

「何でもない事だ！」

私はあさましい姿を白々と電気の下に晒して、そのウヰスキーを十杯けろりと呑み干した。

キンキラ坊主は呆然と私を見てゐたが、負けをしみくさい笑ひを浮べて、おうやうに消へてしまつた。

喜んだのはカフヱーの主人ばかり、へえへえ、一杯一円のキング・オブを十杯もあの娘が呑んでくれたんですからね……ペツペツペツだ。ツバを吐いてやりたいね。

瞳《め》が炎《も》へる。

誰も彼《か》も憎い奴ばかりだ。

あゝ私は貞操のない女でござんす。一ツ裸踊りでもしてお目にかけませうか、お上品なお方達、へえ、てんでに眉をひそめて、星よ月よ花よか！

私は野そだち、誰にも世話にならないで生きて行かうと思へば、オイオイ泣いてはゐられない。男から食はしてもらはふと思へば、私はその何十倍か働かねばならない。

真実同志よと叫ぶ友達でさへ嘲笑ふ。

歌をきけば梅川《うめがわ》よ
しばし情《なさけ》を捨てよかし
いづこも恋にたはむれて
それ忠兵衛の夢がたり

詩をうたつて、いゝ気持で、私はかざり窓を開けて夜霧をいつぱい吸つた。あんな安つぽい安ウヰスキー十杯で酔ふなんて……あゝあの夜空を見上げて御覧、絢爛《けんらん》な、虹がかゝつた。

君ちやんが、大きい目をして、それでいゝのか、それで胸が痛まないのか、貴女《あなた》の心をいためはせぬかと、私をグイグイ摑んでゐる。

やさしや年もうら若く
まだ初恋のまぢりなく
手に手をとりて行く人よ
なにを隠るゝその姿

かつて好きだつた歌、ほればれ涙に溺れて、私の体と心は遠い遠い地の果にずッ……とあとしざりしだした。

そろそろ時計のねぢがゆるみ出すと、例の月はおぼろに白魚の声色屋《こわいろや》のこまちやくれた子供が、

「ねえ旦那！　おぼしめしで……ねえ旦那おぼしめしで……」

もうそんな影のうすい不具《かたわ》なんか出してしまひなさい！

何だかそんな可憐な子供達のさゝくれたお白粉の濃い顔を見てゐると、たまらない程、私も誰かにすがりつきたくなる。

十一月×日

奥で三度御飯を食べると、きげんが悪いし、と云つて客におごらせる事は大きらひだ。

二時がカンバンだつて云つても、遊廓《ゆうかく》がへりの客がたてこむと、夜明までも知らん顔をして主人はのれんを引つこめようともしない。

コンクリートのゆかが、妙にビンビンして動脈がみんな凍つてしまひさうに肌が粟立つてくる。

酢つぱい酒の匂ひがムンムンして焦々する。

「厭になつてしまふわ……」

初ちやんは袖をビールでビタビタにしたのを絞りながら、呆然とつゝ立つてゐた。

「ビール！」

もう四時も過ぎて、ほんとになつかしく、遠くの方で鶏《とり》の鳴く声がする。

コケケツコオ！　ゴトゴト新宿駅の汽車の汽笛が鳴ると、一番最後に、私の番で、銀流しみたいな男がはいつて来た。

「ビールだ！」

仕方なしに、私はビールを抜くと、コップに並々とついだ。厭にトゲトゲと天井ばかりみてゐた男は、その一杯のビールをグイと呑み干すと、いかにも空々しく、

「何だ！　ゑびすか、気に喰《く》はねえ」

捨ぜりふを残すと、いかにもあつさりと、霧の濃い舗道へ出てしまつた。唖然《あぜん》とした私は、急にムカムカとすると、のこりのビールびんをさげて、その男の後《うしろ》を追つた。

銀行の横を曲らうとしたその男の黒い影へ私は思ひ切りビールびんをハッシと投げつけた。

「ビールが呑みたきや、ほら呑ましてやるよッ」

けたゝましい音をたてゝ、ビールびんは、思ひ切りよく、こなごなにこはれて、しぶきが飛んだ。

「何を！」

「馬鹿ッ！」

「俺はテロリストだよ」

「へえ、そんなテロリストがあるの……案外つまんないテロリストだね」

心配して走つて来たお君ちゃんや、二三人の自動車の運転手達が来ると、面白いテロリストはポカンと路地の中へ消えてしまつた。

こんな商売なんて止めようかなア……。

そいでも、北海道から来たお父さんの手紙には、御難つゞきで、今は帰る旅費もないから、送つてくれと云ふ長い手紙を読んだ。寒さにはぢきへこたれるお父さん、どんなにしても四五十円は送つてあげよう。

も少し働いたら、私も北海道へ渡つて、お父さん達といつそ行商してまはつてみようか……。のりかゝつた船だよ。

ポツポツ湯気のたつおでん屋の屋台に首を突込んで、箸につみれを突きさした初ちゃんが店の灯《ひ》を消して一生懸命茶飯をたべてゐた。

私も昂奮した後のふるへを沈めながら、ヱプロンを君ちゃんにはづしてもらふと、おでんを肴《さかな》に、寝しなの濁り酒を楽しんだ。

――一九二五――

濁り酒

焼栗の匂い、秋刀魚の匂い、秋だ。『放浪記』には食べ物の匂いで季節が描かれる。それを読むと、栗や秋刀魚、それだけじゃない、芙美子さんが食べたかったすべて、支那そば、ゆで卵、らっきょう、おでんにとんかつが妙に食べたくなる。

相変わらず新宿でカフェの女給をしている。同輩のお初ちゃん、お君さん、みんな仲がいい。「生きる事が実際退屈になつた」。気持ちがすさむ。「インバイにでもなりたくなる」。そっちの方が手っ取り早いもの。

カフェの近くには遊廓があった。現在の新宿二丁目辺り。「お女郎は毎日秋刀魚じゃあ、体中うろこが浮いてくるだらう」。酒を売る女給たちよりもっと辛い、体を売る女たちも東京にはひしめいていた。遊郭というものが表向き姿を消したのは、一九五七年の売春防止法施行（一九五八年全面実施）以降である。しかしその後も、ソープランドにキャバクラに、あの手この手の性を売る商売は続く。売上を上げるため、遊郭帰りの客が来る深夜まで主人はカフェの看板を下ろさない。労働基準法など適用されない、むちゃくちゃな仕事であった。

四時を過ぎて、新宿駅に始発電車が動く頃、入ってきた客は「ビールだ！」と叫ぶ。「何だ！　ゑびすか、気に喰はねえ」と言った客が外に出ると、芙美子はビール瓶を投げる。今ならヱビスは混ぜ物のない最高級ビールなのだが。「俺はテロリストだよ」と脅かす客に、「案外つまんないテロリストだね」と芙美子は怯《ひる》まない。客に奢《おご》らすのは嫌いだ。店が終われば自腹でおでん屋の屋台に行く。この意気やよし。

一人旅

十二月×日

浅草はいゝ。

浅草はいつ来てもよいところだ……。

テンポの早い灯《ひ》の中をグルリ、グルリ、私は放浪のカチウシヤ。

長い事クリームを塗らない顔は瀬戸物のやうに固くつて安酒に酔つた私は誰もおそろしいものがない。

テへ！　一人の酔ひどれ女でござんす。

酒に酔へば泣きじやうご、痺れて手も足もばらばらになつてしまひさうなこのいゝ気持。

酒でも呑まなければあんまり世間は馬鹿らしくて、まともな顔をしては通れない。

あの人が外《ほか》に女が出来たとて、それが何であろ、真実《ほんと》は悲しいんだけど、酒は広い世間を御らんと云ふ。

町の灯《ひ》がふつと切れて暗くなると、活動小屋の壁に歪んだ顔をくつゝけて、あゝあすから勉強しようと思ふ。

夢の中からでも聞えて来るやうな小屋の中の楽隊にあんまり自分が若すぎて、なぜかい、い、いやけくそにあいそがつきてしまふ。

早く年をとつて、いゝものが書きたい。

年をとる事はいゝな。

酒に酔ひつぶれてゐる自分をふいと見返ると、大道の猿芝居ぢやないが、全く頬かぶりして歩きたくなる。

浅草は酒を呑むによいところ。

浅草は酒にさめてもよいところだ。

一杯五銭の甘酒！　一杯五銭のしる粉！　一串二銭の焼鳥は何と肩のはらない御馳走

だらう。

漂々と吹く金魚のやうな芝居小屋の旗、その旗の中にはかつて愛した男の名もさらされて、わつは……わつは……あのいつもの声で私を嘲笑してゐる。

さあ皆さん御きげんよう……何年ぶりかで見上げる夜空の寒いこと、私の肩掛は人絹がまじつてゐるのでござります。他人《ひと》が肩に手をかけたやうに、スイスイと肌に風が通りますよ。

十二月×日

朝の寝床の中で、まづ煙草をくゆらす事は淋しがりやの女にとつて此上もないよきなぐさめ、ゆらりゆらり輪をかいて浮いてゆくむらさき色のけむりはいゝ。お天陽様の光りを頭いつぱいあびて、さて今日《こんにち》はいゝ事がありますやうに。

赤だの黒だの桃色だの黄いろだの、疲れた着物を三畳の部屋いつぱいぬぎちらして、女一人のきやすさに、うつらうつらと私はひだまりの亀の子。

カフヱーだの牛屋だのめんどくさい事より、いつそ屋台でも出しておでん屋でもしようか。誰が笑はうと彼が悪口《あくこう》を云はうと、赤い尻からげで、あら、えつさつさだ！　一ツ屋台でも出して何とか此年のけじめをつけよう。

コンニヤク、いゝね、厚く切つてピンとくひちぎつて見たい……がんもどき竹輪につみれ、辛子のひりゝツとした奴に、口にふくむやうな酒をつかつて、青々としたほうれん草のひたしか……元気を出さう。


或ところまで来るとペツチヤンコに崩れてしまふ。たとへそれがつまらない事だつても、そんな事の空想《おもい》は、子供のやうにうれしくなる。

貧乏な父や母にすがるわけにもゆかないし、と云つて転々と働いたところで、月に本が一二冊買へるきり、わけもなく飲んで食つて通つてしまふ。三畳の間をかりて最少限度の生活はしてゐても貯《たくわ》へもかぼそくなつてしまつた。

こんなに生活方針《くらしむき》がたゝなく真暗闇になると、泥棒にでもはいりたくなる。だが目が近いのでいつぺんにつかまつてしまふ事を思ふと、ふいとをかしくなつて、冷い壁にカラカラと私の笑ひがはねかへる。

何とかして金がほしい……私の濁つた錯覚は他愛もなく夢に溺れて、夕方までぐつすり眠つてしまつた。

十二月×日

お君さんが誘ひに来て、二人は又何かいゝ商売をみつけようと、小さい新聞の切抜きをもつて、私達は横浜行きの省線に乗つた。

今まで働いてゐたカフヱーが淋れると、お君さんも一緒にそこを止《や》めてしまつて、お君さんは、長い事板橋《いたばし》の御亭主のとこへ帰つてゐた。

お君さんの御亭主はお君さんより卅あまりも年が上で、始めて板橋のその家へたづねて行つた時、私はお君さんのお父つあんかと思つた。お君さんの養母やお君さんの子供や、何だかごたごたしたその家庭は、めんどくさがりやの私にはちよいと判りかねた。

お君さんもそんな事はだまつてゐる。

私もそんな事を聞くのは胸が痛くなる。二人共だまつて、電車から降りると、青い青い海を見はらしながら丘へ出た。

「久し振りよ海は……」

「寒いけど……いゝわね海は……」

「いゝとも、こんなに男らしい海を見ると、裸になつて飛びこんでみたいね。まるで青い色がとけてるやうぢやないか」

「ほんと！　おつかないわ……」

ネクタイをひらひらさせた二人の西洋人が雁木《がんぎ》に腰をかけて波の荒い風景にみいつてゐた。

「ホテルつてあすこよ！」

目のはやい君ちやんがみつけたのは、白い家鴨《あひる》の小屋のやうな小さな酒場だつた。二階の歪んだ窓には汚点《しみ》だらけな毛布が青い太陽にてらされて、云ひやうのない幻滅だつた。

「かへらう！」

「ホテルつてこんなの……」

朱色の着物を着た可愛らしい女が、ホテルのポーチで黒い犬をあやして一人でキヤツキヤツ笑つてゐた。

「がつかりした……」

二人共又押し沈黙《だま》つて向ふの向ふの寒い茫々とした海を見た。

鳥になりたい。

小さいカバンでもさげて旅をするとい丶だらう……君ちやんの日本風なひさし髪が風に荒れて、雪の降る日の柳のやうにいぢらしく見えた。

十二月×日
風が鳴る白い空だ！
冬のステキに冷い海だ
狂人だつてキリキリ舞ひをして
目のさめさうな大海原だ
四国まで一本筋の航路だ。

毛布が二十銭お菓子が十銭
三等客室はくたばりかけたどぜう鍋のやうに
ものすごいフツトウだ。

しぶきだ雨のやうなしぶきだ
みはるかす白い空を眺め
十一銭在中の財布を握つてゐた。

あゝバットでも吸ひたい

ヲオ！　と叫んでも
風が吹き消して行くよ。

白い大空に
私に酢を呑ませた男の顔が
あんなに大きく、あんなに大きく

あゝやつぱり淋しい一人旅だ！

腹の底をゆするやうな、ボオウ！　ボオウ！　と鳴る蒸汽の音に、鉛色によどんだ小さな渦巻が幾つか海のあなたに、一ツ一ツ消えて唸りをふくんだ冷い十二月の風が、乱れた私の銀杏返しの鬢を、ペッシヤンと頬つぺたにくつゝけるやうに吹いてゆく。八ツ口に両手を入れて、じつと自分の乳房をおさへてゐると、冷い乳首の感触が、わけもなく甘つぽく涙をさそつてくる。

——あゝ、何もかにもに負けてしまつた！

東京を遠く離れて、青い海の上をつゝばしつてゐると、色々に交渉のあつた男や女の顔が、一ツ一ツ白い雲の間からもれもれと覗いて来る。

あんまり昨日《きのう》の空が青かつたので、久し振りに、故里が恋しく、私は無理矢理に汽車に乗つてしまつた。

今朝はもう鳴戸《なると》の沖だ。

「お客さん！　御飯ぞなツ！」

誰もゐない夜明けのデッキの上に、さゝけた私の空想はやつぱり故里へ脊《そむ》いて都《みやこ》へ走つてゐた。

旅の故里ゆゑ、別に錦を飾つて帰る必要もないのだつたが、なぜか佗しい気持でいつぱいだつた。

穴倉のやうに暗い三等船室に帰つて、自分の毛布の上に坐ると丹塗《にぬ》りのはげた、膳の上にヒジキの煮たのや味噌汁があぢけなく並んでゐた。

薄暗い灯《ひ》の下に大勢の旅役者やおへんろさんや、子供を連れた漁師の上さんの中に混《まじ》つて、私も何だか愁々《しゅうしゅう》とした旅心を感じた。

私が銀杏返しに結つてゐるので、「どこからお出でました？」と尋ねるお婆さんもあれば、「どこまで行きやはりますウ……」と問ふ若い男もあつた。

二ツ位の赤ん坊に添ひ寝してゐた、若い母親が、小さい声で旅の故里でかつて聞いた事のある子守唄をうたつてゐた。

ねんねころ市《いち》
おやすみなんしよ
朝もとうからおきなされ
よひの浜風ア身にしみますで
夜《よ》サは早よからおやすみよ……。

やつぱり旅はいゝ。あの濁つた都会の片隅でへこたれてゐるより、こんなにさつぱりした気持になつて、自由にのびのび息を吸へる事は、あゝやつぱり生きてゐる事もいゝなと思ふ。

十二月×日
真黄ろに煤けた障子を開けて、ボアツボアツと消えてはどんどん降つてる雪をじつと見てゐると、何もかも一切忘れてしまふ。
「お母さん！　今年は随分雪が早いね」

「あゝ」

「お父さんも寒いから難儀してゐるでせうね」

北海道に行つてもう四ケ月あまり、遠くに走りすぎて商売も思ふやうになく、四国へ帰るのは来春だと云ふ父のたよりが来てこつちも随分寒くなつた。

屋並の低い徳島の町も、寒くなるにつれ、うどん屋のだしを取る匂ひが濃くなつて、町を流れる川の水がうつすらと湯気を吐くやうになつた。

泊る客もだんだん少くなると、母は店の行燈《あんどん》へ灯《ひ》を入れるのを渋つたりした。

「寒うなると人が動かんけんのう……」

しつかりした故郷をもたない私達親子三人が、最近に土についたのが徳島だつた。女の美しい川の綺麗なこの町隅に、古ぼけた旅人宿《りよじん》を始めて、私は徳島での春 秋《しゆんじゆう》を迎へた事がある。

だがそれも小さかつた私……今はもう、この旅人宿も荒れはうだいに荒れ、母一人の内職仕事になつてしまつた。

父を捨て、母を捨て、長い事東京に放浪して疲れて帰つた私も、昔のたどたどしい恋文や、ひさし髪の大きかつた写真を古ぼけた箪笥《たんす》の底にひつくり返してみると懐しい昔のいゝ夢が段々 蘇《よみがえ》つて来る。

長崎の黄ろいちやんぽんうどんや尾道の千光寺《せんこうじ》の桜や、ニユ川で覚えた城《じょう》ケ島《しま》の唄や、あゝみんないゝ！。

絵をならひ始めた頃の、まづいデッサンの幾枚かゞ、茶色にやけて、納戸の奥から出て来ると、まるで別な世界だつた私を見る。

夜、炬燵にあたつてゐると、店の間を借りてゐる月琴《げつきん》ひきの夫婦が漂々と淋しい唄をうたつては、ピンピン昔つぽい月琴をひゞかせてゐた。

外はシラシラと音をたてゝみぞれまじりの雪が降つてゐる。

十二月×日

久し振りに海辺らしいお天気。

二三日前から泊りこんでゐる、浪花節《なにわぶし》語りの夫婦が、二人共黒いしかん巻を首にまいて朝早く出て行くと、もう煤けた広い台所には鰯《いわし》を焼いてゐる母と私と二人きり。

あゝ田舎にも退屈してしまつた。

「お前もいゝかげんで、遠くい行くのを止《や》めてこつちで身をかためてはどうかい……お前をもらひたいと云ふ人があるぞな……」

「へえ……どんな男！」

「実家は京都の聖護院《しょうごいん》の煎餅屋《せんべい》でな、あととりやけど、今こつちい来て市役所へ勤めてをるがな……い丶男や」

「…………」

「どや……」

「会ふてみようか、面白いな」

何もかもが子供つぽくゆくわいだつた。

田舎娘になつて、おぼこらしく顔を赤めてお茶を召し上れか、一生に一度はこんな芝居もあつてもい丶。

キイラリ　キイラリ、車井戸のつるべを上げたりさげたりしてゐると、私も娘のやうに心がはずんで来る。

あ丶情熱の毛虫、私は一人の男の血をいたちのやうに吸いつくしてみたいやうな気がする。

男の肌は寒くなると蒲団のやうに恋ひしくなるものだ。

東京へ行かう！

夕方の散歩に、いつの間にか足が向くのは駅。駅の時間表を見てゐると涙がにじんで来る。

十二月×日

赤靴のひもをといてその男が上つて来ると、妙に胃が悪くなりさうで、私は真正面から眉をひそめてしまつた。

「あんたいくつ……」

「僕ですか、廿二です」

「ホウ……ぢや私の方が上だわ」

げじげじ眉で、唇の厚いその顔を何故か見覚えがあるやうで、考へ出せなかつたが、ふと、私は急に明るくなれて、口笛でもヒユヒユと吹きたくなつた。

月のいゝ夜だ、星が高く流れてゐる。

「そこまでおくつてゆきませうか……」

此男は妙によゆうのある風景だ。入れ忘れてしまつた国旗の下をくゞつて、月の明るい町に出ると濁つた息をフツと一時に吐く事が出来た。

一丁来ても二丁来ても二人共だまつて歩いた。川の水が妙に悲しく胸に来て私自身が浅ましくなつた。

男なんて皆火を焚いて焼いてしまへ。

私はお釈迦様にでも恋をしよう……ナムアミダブツのお釈迦様は、妙に色ツぽい目をして、私の此頃の夢にしのんでいらつしやる。

「ぢやアさよなら、あんたもいゝお嫁さんおもちなさいね」

「ハア？」

いとしい男よ、田舎の人はいゝ。私の言葉がわかつたのか、わからないのか、長い月の影をひいて隣りの町へ消えてしまつた。


明日こそ荷づくりして旅立たう………。久し振りに家の前の灯《ひ》のついたお泊り宿の行燈を見ると、不意に頭をどやしつけられたやうにお母さんがいとしくなつて、私はかたぶいた梟《ふくろ》の瞳《め》のやうな行燈をみつめてゐた。


「寒いのう……酒でも呑まんかいや」

茶の間で母と差しむかひで、一合の酒にいゝ気持になつて、親といふものにふと気がついた。親子はいゝな、こだはりのない気安さで母の多いしわを見た。

鼠の多い煤けた天井の下に、又母を置いて去るのは、いぢらしく可哀想になつてしまつた。

「あんなもん厭だねえ」

「気立はいゝ男らしいがな………」

淋しい喜劇！

東京の友達がみんな懐しがつてくれるやうな手紙を書かう。


――一九二五――

一人旅

このころの芙美子はまるでアル中。酒を飲まずに生きていけるか。その芙美子が一番愛したのは浅草だった。一人で行っても楽しい。安い、うまい、気が張らない、映画もある、芝居もある。楽土だ。

「テヘ！　一人の酔ひどれ女でござんす」

芝居小屋の幟《のぼり》にかつて愛したあの男の名がある。一気に酔いが覚める。もう暮らしが立ち行かないよ。いっそ、おでん屋でもやろうかしら。「赤い尻からげで、あら、えつさつさだ！」というのは、浅草で人気を博した「安来節《やすきぶし》」のこと。

お君さんと横浜へ仕事を見つけにいく。ホテルって触れ込みだったけど、あんなの？　がっかりして帰ってきた。

十二月、四国まで一人旅する。やっぱり旅はいい。母のいる徳島に戻る。「うどん屋のだしを取る匂いが濃くなつて」と町が五感で描かれる。

この時までに『放浪記』の原型はできていたらしい。徳島新聞記者小西英夫にその元原稿を売り込んで断られる。小西は「めちゃめちゃな、雑文」だと思って断った。後で林芙美子の「才能を見抜く目がなかった」といったそうだけど。

お前ももう、東京であたふたしないで帰ってきて落ち着かんかい、と母に勧められ、二十二歳のゲジゲジ眉毛の市役所職員と見合いする。こういうところも成り行きまかせ。「男なんか皆火を焚いて焼いてしまへ」。じゃサヨナラと帰ってきた。母はいう。「寒いのう……酒でも呑まんかいや」。懲りない母子である。

古《ふる》　創《きず》

一月×日
海は真白でした
東京へ旅立つその日
青い蜜柑の初なりを籠いつぱい入れて
四国の浜辺から天神丸《てんじんまる》に乗りました。

海は気むづかしく荒れてゐましたが
空は鏡のやうに光つて
人参燈台の紅色が瞳《め》にしみる程あかいのです。
島でのメンドクサイ悲しみは
すつぱり捨てゝしまほうと
私はキリのやうに冷い風をうけて

遠く走る帆船をみました。
一月の白い海と
初なりの蜜柑の匂ひは
その日の私を
売られて行く女のやうにさぶしくしました。

一月×日
いゝ、いゝ、
おどろおどろした雪空だ。

朝の膳の上は白い味噌汁に、高野豆腐に黒豆、何もかも水つぽい舌ざはりだ。東京は悲しい思ひ出ばかり、いつそ京都か大阪で暮してみよう……。

天保山《てんぽうざん》の安宿の二階で、ニヤーゴニヤーゴ鳴いてゐる猫の声を寂しく聞きながら私は寝そべつてゐた。

あゝこんなにも生きる事はむづかしいものか……私は身も心も困憊《こんぱい》しきつてゐる。

潮たれた蒲団はまるで、魚の腸《はらわた》のやうにズルズルに汚れてゐた。

ビユン！　ビユンー　風が海を叩いて、波音が高い。

からつぽな女は私でございます。……生きてゆく才もなければ、生きてゆく富もなければ、生きてゆく美しさもない。

さて残つたものは血の多い体ばかり。

私は退屈すると、片方《かたつぽう》の足を曲げて、キリキリと座敷の中をひとまはり。

長い事文字に親しまない目には、御一泊壱円よりと白々しく壁に張られた文句をひろい読みするばかりだつた。

夕方――ボアリボアリ雪が降つて来た。

あつちをむいても、こつちをむいても旅の空、もいちど四国の古里へ逆もどりしようか、とても淋しい鼠の宿だ。

――古創や恋のマントにむかひ酒――

お酒でも楽しんでじつとしてゐたい晩だ。

たつた一枚のハガキをみつめて、いつからか覚えた俳句をかきなぐりながら、東京の沢山の友達の顔を思ひ浮べた。

皆自分に急がしい人ばかりの顔だ。

ヴオウ！　ヴオウ！　汽笛の音を聞くと、私はいつぱいに窓を引きあけて雪の夜《よ》の沈んだ港に呼びかけた。

青い灯《ひ》をともした船がいくつもねむつてゐる。

お前も私もヴアガボンド。

雪々　雪が降つてゐる。考へても見た事のない、遠くに去つた初恋の男が急に恋ひしくなつて来た。

こんな夜だつた。

あの男は城ケ島の唄をうたつた。

沈鐘の唄もうたつた。なつかしい尾道の海はこんなに波は荒くなつた。

二人でかぶつたマントの中で、マッチをすりあはして、お互ひに見あつた顔、一度のペエゼも交した事もなく、あつけない別離だつた。

一直線に墜落した女よ！　と云ふ最後のたよりを受取つてもう七年にもなる。あの男は、ピカソの画を論じ槐多の詩を愛してゐた。


これでもかツ！　まだまだ、これでもかツ！　まだまだ、私の頭をどやしつけてゐる強い手の痛さを感じた。

どつかで三味線の音がする。私は呆然と坐り、いつまでも口笛を吹いてゐた。

一月×日

さあ！　素手でなにもかもやりなほしだ。

市の職業紹介所の門を出ると、天満《てんま》行きの電車に乗つた。

紹介された先は毛布の問屋で、私は女学校卒業の女事務員、どんよりと走る街並を眺めながら私は大阪も面白いなと思つた。

誰も知らない土地で働く事もいゝじやないか、枯れた柳の木が腰をもみながら、河筋にゆれてゐる。

毛布問屋は案外大きい店だつた。

奥行きの深い、間口の広いその店は、丁度貝のやうに暗くて、働いてゐる七八人の店員達は病的に蒼い顔して、急がしく立ち働いてゐた。

随分長い廊下だつた。何もかもピカピカと手入れの行きとゞいた、大阪人らしいこのみのこぢんまりした座敷に私は初めて、老いた女主人と向きあつた。

「東京からどうしてこつちやいお出でやしたん？」

出鱈目《でたらめ》に原籍を東京にしてしまつた私は、一寸どう云つていひかわからなかつた。

「姉がゐますから……」

こんな事を云つてしまつた私は、又いつものめんどくさい気持になつてしまつた。断られたら断られたまでの事だ。


おつとりした女中が、美しい菓子皿とお茶を運んで来た。

久しくお茶にも縁が薄く、甘いものも長い事口にしなかつた。

世間にはかうしたなごやかな家もある。

「一郎さん！」

女主人が静かに呼ぶと、隣の部屋から息子らしい落ちつきのある廿五六の男が、棒のやうにはいつて来た。

「この人が来ておくれやしたんやけど……」

役者のやうに細々としたその若主人は光つた目で私を見た。

私はなぜか恥をかきに来たやうな気がして、ジンと足が痺れて来た。あまりに縁遠い世界だ。

私は早く引きあげたい気持でいつぱいだつた。

天保山の船宿に帰つた時は、もう日も暮れて、船が沢山はいつてゐた。

東京のお谷《たに》ちやんからのハガキ一枚。

——何をぐずぐずしてゐるか、早くいらつしやい。面白い商売があります。——どんなに不幸な目にあつてゐても、あの人は元気がいゝ。久し振に私もハツラツとなる。

一月×日

駄目だと思つてゐた毛布問屋に勤める事になつた。

五日振りに天保山の安宿をひきあげて、バスケット一つの漂々とした私は、もらはれて行く犬の子のやうに、毛布問屋に住み込む事になつた。

昼でも奥の間には、ポンポロ　ポンポロ音をたてゝガスの燈《ともしび》がついてゐる。漠々としたオフイスの中で、沢山の封筒を書きながら、私はよくわけのわからない夢を見た。そして何度もしくじつては自分の顔を叩いた。いゝゝゝゝ

あゝ幽霊にでもなりさうだ。

青いガスの燈の下でじつと両手をそろへてみると爪の一ツ一ツが黄に染つて、私の十本の指は蚕《かいこ》のやうに透きとほつて見える。

三時になると、お茶が出て、八ツ橋が山盛り店へ運ばれて来る。

店員は皆で九人居た。その中《うち》で小僧が六人配達に行くので、誰が誰やらまだ私にはわからない。

女中は下働のお国《くに》さんと上女中のお糸《いと》さん二人。

お糸さんは昔の（御殿女中）みたいに、眠つたやうな顔をしてゐた。

関西の女は物ごしが柔らかで、何を考へてゐるのだかさつぱり判らない。

「遠くからお出やして、こんなとこしんきだつしやろ……」

お糸さんは引きつめた桃割れをかしげて、キユキユ糸をしごきながら、見た事もないやうな昔つぽい布を縫つてゐた。

若主人の一郎さんには、十九になるお嫁さんがある事もお糸さんが教へてくれた。

そのお嫁さんは市岡《いちおか》の別宅の方にお産をしに行つてゐるとかで、家はなにか気が抜けたやうに静かだつた。


夜の八時にはもう大戸を閉めてしまつて、九人の番頭や小僧さん達が皆どこへひつこむのか一人一人居なくなつてしまふ。

のりのよくきいた固い蒲団に、伸び伸びといたはるやうに両足をのばして、じつと天井を見てゐると自分がしみじみ、あはれにみすぼらしくなつて来る。

お糸さんとお国さんの一緒の寝床に高下駄のやうな感じの黒い箱枕がちんと二ツならんで、お糸さんの赤い胴抜きのした長襦袢が蒲団の上に投げ出されてあつた。

私はまるで男のやうな気持で、その赤い長襦袢をいつまでも見てゐた。しまひ湯をつかつてゐる、二人の若い女は笑ひ声一つたてないで、ピチヤピチヤ湯音をたてゝゐる。

あの白い生毛《うぶげ》のたつたお糸さんの美しい手にふれてみたい気がする。私はすつかり男になりきつた気持で、赤い長襦袢を着たお糸さんを愛してゐた。

あゝ私が男だつたら世界中の女を愛してやつたらうに……沈黙《だま》つた女は花のやうな匂ひを遠くまで運んで来るものだ。

泪《なみだ》のにじんだ目をとぢて、まぼしい灯《ひ》に私は額をそむけた。

一月×日
朝の芋がゆにも馴れてしまつた。

東京で吸ふ、赤い味噌汁はいゝな、里芋のコロコロしたのを薄く切つて、小松菜と一緒にたいた味噌汁はいゝな。荒巻き鮭の一片一片を身をはがして食べるのも甘味《うま》い。大根の切り口みたいなお天陽様ばかり見てゐると、塩辛いおかずでもそへて、甘味《おい》しい茶漬けでも食べてみたいと、事務を取つてゐる私の空想は、何もかも淡々《あわあわ》しく子供つぽくなつて来る。

雪の頃になると、いつも私は足指に霜やけが出来て困つた。

夕方、荷箱をうんと積んである蔭で、私は人に隠くれて思ひ切り足を掻いた。赤く指がほてつて、コロコロにふくれあがると、針でも突きさしてやりたい程切なくて仕様がなかつた。

「ホウ……えらい霜やけやなあ」

番頭の兼吉《けんきち》さんが驚いたやうに覗いてゐた。

「霜やけやつたら煙管《きせる》でさすつたら一番や」

若い番頭さんは元気よくすぽんと煙草入れの筒を抜くと、何度もスパスパ吸つては火ぶくれたやうな赤い私の足指を煙管の頭でさすつてくれた。

もうけ話ばかりしてゐるこんな人達の間にもこんな真心がある。

二月×日
「お前は七赤金星で金《かね》は金でも、金屛風の金だから小綺麗な仕事をしなけりや駄目だよ」

よく母がこんな事を云つてゐたが、こんなお上品な仕事はぢきに退屈してしまふ。

あきつぽくて、気が小さくて、ぢき人にまいつてしまつて、わけもなくなじめない私のさがの淋しさ……あゝ誰もゐないところで、ワアッ！　と叫びあがりたい程、焦々《いらいら》する。

いゝ詩をかかう。

元気な詩をかかう。

只一冊のワイルド　ド・プロフオデイスにも楽しみをかけて読む。

――私は灰色の十一月の雨の中を嘲け笑ふモツブにとり囲まれてゐた。

――獄中にある人々にとつては涙は日常の経験の一部分である。人が獄中にあつて泣かない日は、その人の心が堅くなつてゐる日で、その人の心が幸福である日ではない。

夜夜《よるよる》の私の心はこんな文字《もんじ》を見ると、まことに痛んでしまふ。お友達よ！　肉親よ！　隣人よ！　わけのわからない悲しみで正直に私を嘲笑ふ友人が恋しくなつた。

お糸さんの恋愛にも祝福《よろこび》あれ！

夜、風呂にはいつてぢつと天窓を見てゐると、キラキラ星がこぼれてゐた。忘れかけたものをふつと思ひ出したやうに、つくづく一人ぽつちで星を見た。

老ひぼれた私の心に反比例して、肉体のこの若さよ。赤くなつた腕をさしのべて風呂いつぱいに体を伸ばすと、ふいと女らしくなつて来る。

結婚しよう！

私はしみじみとお白粉の匂ひをかいだ。眉もひき、唇も濃くぬつて、私は柱鏡のなかの幻にあどけない笑顔をこしらへてみた。

青貝の櫛もさして、桃色のてがらもかけて髷も結んでみたい。

弱きものよ汝の名は女なり、しよせんは世に汚《けが》れた私で厶《ござ》います。美しい男はないものか……。

なつかしのプロヴァンスの歌でもうたひませうか、胸の燃えるやうな思ひで私は風呂桶の中に魚のやうにくねつてみた。

二月×日

街は春の売出しで赤い旗がいつぱい。

女学校時代のお夏《なつ》さんの手紙をもらつて、私は何もかも投げ出して京都へ行きたくなつた。

――随分苦労なすつたんでせう……といふ手紙を見ると、いゝえどういたしまして、優しいお嬢さんのたよりは男でなくてもいゝものだ。妙に乳くさくて、何かぷんぷんいゝ匂ひがする。

これが一緒に学校を出たお夏さんのたよりだ。八年間の年月《としつき》に、二人の間は何百里もへだたつてしまつた。

お嫁にも行かないで、ぢつと日本画家のお父さんのいゝ助手として孝行してゐるお夏さん！

泪の出るやうない、手紙だ。ちつとでも親しい人のそばに行つて色々の話を聞いてもらはう――。

お店から一日ひまをもらふと、鼻頭がジンジンする程寒い風にさからつて、京都へ立つた。

午後六時二十分。

お夏さんは黒いフクフクとした、肩掛に蒼白い顔を埋めて、むかへに出てくれた。

「わかつた？」

「ふん」

沈黙《だま》つて冷く手を握りあつた。

赤い色のかつた服装《きもの》を胸に描いて来た私にお夏さんの姿は意外だつた。まるで未亡人か何かのやうに、何もかも黒つぽい色で、唇だけがぐいと強よく私の目を射た。

椿の花のやうに素的にいゝ唇。

二人は子供のやうにしつかり手をつなぎあつて、霧の多い京の街を、わけのわからない事を話しあつて歩いた。

昔のまゝに京極《きようごく》の入口には、かつて私達の胸をさわがした封筒が飾窓に出てゐる。だら〳〵と京極の街を降りると、横に切れた路地の中に、菊水《きくすい》と云ふうどんやを見つけて私達は久し振りに明るい灯の下に顔を見合はせた。私は一人立ちしても貧乏、お夏さんは親のすねかじりで勿論お小遣もそんなにないので、二人は財布を見せあひながら、狐うどんを食べた。

女学生らしいあけつぱなしの気持で、二人は帯をゆるめてはお変りをして食べた。

「貴女《あなた》ぐらゐ住所《すまい》の変る人ないわね、私の住所録を汚《よご》して行くのはあんた一人よ」

お夏さんは黒い大きな目をまたゝきもさせないで私を見た。

甘へたい気持でいつぱい。

丸山公園の噴水にもあいてしまつた。

二人はまるで恋人のやうによりそつて歩いた。

「秋の鳥辺山《とりべやま》はよかつたわね。落葉がしてゐて、ほら二人でおしゆん伝兵衛の墓にお参りした事があつたわね……」

「行つてみようか！」

お夏さんは驚いたやうに瞳《め》をみはつた。

「貴女《あんた》はそれだから苦労するのよ」

京都はいゝ街だ。

夜霧がいつぱいたちこめた向ふの立樹《たちき》のところで、キビツキビツ夜鳥が鳴いてゐる。

下加茂《しもかも》のお夏さんの家の前が丁度交番になつてゐて、赤い灯《ひ》がポツカリとついてゐた。

門の吊燈籠《つりどうろう》の下をくゞつて、そつと二階へ上ると、遠くの寺でゆつくり鐘を打つのが響いて来る。

メンドウな話をくどくどするより、沈黙《だま》つてやう……お夏さんが火を取りに下に降りると、私は窓に凭れて、しみじみ大きいあくびをした。


――一九二六――

古創

徳島から芙美子は当てずっぽうで大阪に出る。天保山の安宿に泊まる。ここで大事なのは実は冒頭の詩なのだ。前年十月ごろ、芙美子は尾道に岡野を訪ねて、『放浪記』出版のための費用を岡野に手切れ金としてもらおうとしたらしい。そして岡野はその時持っていた財布と腕時計を芙美子にやった。そのことは二人の仲を取り持った岡野の友人が証言している。詩に出てくる初生《はつな》りのみかんは一月でなく十月ごろ、「四国の浜辺」とあるのは尾道のことらしい。

古創や恋のマントにむかひ酒

という芙美子の句がある。ここに二人で被ったマントの中で見つめ合った男とは一度のベエゼ（キス）もせずに別れた。これは実は島の男岡野ではない。別の絵描きの男だ。これも証言がある。

そうして芙美子は出たとこ勝負で、大阪の天満の毛布問屋に勤める。しかしあまりに縁遠い世界だ。ほっそりした若主人、十九歳のお産に行っている妻、おっとりした女中、店員が九人。こんなお上品な仕事は向かない。くすぐったくていられないよ、だ。

只一冊携えていた「ワイルド ド・プロフオンデイス」とはイギリスの作家オスカー・ワイルドの『獄中記』辻潤訳。

京都にいる女学校時代の友人お夏さんから呼び出しがくる。下鴨《しもがも》在住の日本画家の娘なのだ。京極あたりで二人でうどんを食べる。円山公園を歩く。彼女は言う。「私の住所録を汚して行くのはあんた一人よ」。これは名言だ。芙美子は本当に東京を、全国を転々とした。

女の吸殻

七月×日
　丘の上に松の木が一本
　その松の木の下で
　ぢつと空を見てゐた私です。
　真蒼《まつさお》い空に老松《ろうしよう》の葉が
　針のやうに光つてゐました
　あゝ何と云ふ生きる事のむづかしさ
　食べると云ふ事のむづかしさ。

　そこで私は
　貧しい袂《たもと》を胸にあはせて

　古里に養はれてゐた頃の
　あのなつかしい童心で
　コトコト松の幹を叩いてみました。

この老松の詩をふつと思ひ出すと、とても淋しくて、黒づんだ緑の木立ちの間を、私は野良犬のやうに歩いた。

久し振りに、私の胸にヱプロンもない。お白粉もうすい。

日傘くるくる廻しながら、私は古里を思ひ出し、丘のあの老松《おいまつ》の木を思ひ浮べた。

下宿にかへると、男の部屋には、大きな本箱がふへてゐた。

女房をカフヱーに働かして、自分はこんな本箱を買つてござる。

いつものやうに弐拾円ばかりの金は、原稿用紙の下に入れると、誰もゐないきやすさに、くつろいだ気持ちで、押入れの汚れものを見てみる。


「あのお手紙でございます」

女中が持つて来た手紙を見ると、六銭切手をはつた、かなり厚い女の封書。

私は妙に爪を噛みながら、只ならぬ淋しさに、胸がときめいてしまつた。私は自分を嘲笑しながら、押入れの隅に隠してあつた、かなり厚い、女の手紙の束をみつけ出した。

――やつぱり温泉がいゝわね、とか。

――あなたの紗和子《さわこ》より、とか。

――あの夜泊つてからの私は、とか。

私は歯の浮くやうな甘い手紙に震へながらつゝ立つてしまつた。


二人の間はかなり進んでゐるらしい。温泉行きの手紙では、私もお金を用意しますけれど、貴女《あなた》も少しつくつて下さい、と書いてあるのを見ると、私はその手紙を部屋中にばらまいてやつた。

原稿用紙の下にしいた弐拾円の金を袂に入れると、涙をふりちぎつて外に出た。

あの男は、私に会ふたびに、お前は薄情だとか、雑誌にかく、詩や小説は、あんなに私を叩きつけたものばかりぢやないか。

豚！

インバイ！

あらゆるのゝしりを男の筆の上に見た。

私は、肺病で狂人《きちがい》じみてゐる、その不幸な男の為に、あのランタンの下で、「貴方一人に身も世も捨てた……」と、唄はなくちやアならないのだ。

夕暮れの涼しい風をうけて、若松町《わかまつちょう》の通りを歩いてゐると、新宿のカフヱーにかへる気もしなかつた。

ヘヱ！　使ひ果して二分残るか、ふつとこんな言葉が思ひ出された。

「貴方！　私と一緒に温泉に行かない」

私があんまり酔つぱらつたので、その夜時《とき》ちゃんは淋しい瞳《め》をして私を見てゐた。

七月×日
あゝ人生いたるところに青山《せいざん》ありだよ、男から詫《わ》びの手紙来る。
夜。
時ちゃんのお母さん来《きた》る。五円借す。
チウインガムを嚙むより味気ない世の中、何もかもが吸殻のやうになつてしまつた。
貯金でもして、久し振りにお母さんの顔でもみてこようかしら。
私はコツク場へ行くついでにウイスキーを盗んで呑んだ。

七月×日
魚屋のやうに淋しい寝ざめ。四人の女は、ドロドロに崩れた白い液体のやうに、一切を休めて眠つてゐる。私は枕元の煙草をくゆらしながら、投げ出された時ちゃんの腕を見てゐた。

まだ十七で肌が桃色してゐた。

お母さんは雑色《ぞうしき》で氷屋をしてゐたが、お父つあんが病気なので、二三日おきに時ちゃんのところへ裏口から金を取りに来た。

カーテンもない青い空を映した窓ガラスを見ると、西洋支那御料理の赤い旗が、まるで私のやうに、ヘラヘラ風に膨らんでゐる。

カフヱーに務めるやうになると、男に抱いてゐたイリウジヨンが夢のやうに消へて、皆一山いくらに品がさがつてみへる。

別にもうあの男に稼いでやる必要もない故、久し振りに古里の汐つぱい風を浴びやうかしら。あゝでも可哀想なあの人よ。

それはどろどろの街路であつた
こわれた自動車のやうに私はつゝ立つてゐる
今度こそ身売りをして金をこしらへ
皆《みんな》を喜こばせてやらうと

今朝はるばると幾十日目で又東京へ帰へつて来たのではないか。

どこをさがしたつて買つてくれる人もないし
俺は活動を見て五十銭のうな丼を食べたらもう死んでもいゝと云つた
今朝の男の言葉を思ひ出して
私はサンサンと涙をこぼしました。

男は下宿だし
私が居れば宿料《しゆくりよう》がかさむし
私は豚のやうに臭みをかぎながら
カフヱーからカフヱーを歩きまはつた。

愛情とか肉親とか世間とか夫とか
脳のくさりかけた私には
縁遠いやうな気がします。

叫ぶ勇気もない故

死にたいと思つてもその元気もない
私の裾にまつはつてじやれてゐた小猫のオテクサンはどうしたらう……
時計屋のかざり窓に私は女泥棒になつた目つきをしてみやうと思ひました。
何とうはべばかりの人間がウヨウヨしてゐる事よ！

肺病は馬の糞汁《ふんじゆう》を呑むとなほるつて
辛い辛い男に呑ませるのは
心中つてどんなものだらう

金だ金だ
金は天下のまはりものだつて云ふけど
私は働いても働いてもまはつてこない。

何とかキセキはあらはれないものか
何とかどうにか出来ないものか
私が働いてゐる金はどこへ逃げて行くのか！

そして結局は薄情者になり
ボロカス女になり
死ぬまでカフヱーだの女中だの女工だのボロカス女になり
私は働き死にしなければならないのか！
病にひがんだ男は
お前は赤い豚だと云ひます。

矢でも鉄砲でも飛んでこい
胸くその悪い男や女の前に
芙美子さんの腸《はらわた》を見せてやりたい。

かつて、貴方があんまり私を邪慳《じやけん》にするので、私はこんな詩を雑誌にかいて貴方にむくいた事がある。

浮いた稼ぎなので、焦々してゐるのだと善意にカイシヤクしてゐた大馬鹿者の私です。

さうだ、帰れる位はあるのだから、汽車に乗つてみようかな。

あの快速船のしぶきもいゝぢやないか、人参燈台の朱色や、青い海、ツ、ンツンだ。

夜汽車、夜汽車、誰も見送りのない私は、スイツとお葬式のやうな悲しさで、何度も不幸な日に逢《あ》つて乗る東海道線に身をまかせた。

七月×日

「神戸にでも降りてみようかしら、何か面白い仕事が転がつてやしないかな……」

明石行きの三等車は、神戸で降りてしまふ人達ばかりだつた。

私もバスケツトを降ろしたり、食べ残りのお弁当を大切にしまつたりして何だか気がかりな気持ちで神戸駅に降りてしまつた。

「これで又仕事がなくて食へなきあ、ヒンケルマンぢやないが、汚《けが》れた世界の罪だよ」

暑い陽ざしだ。

だが私には、アイスクリームも、氷も用はない。ホームでさつぱりと顔を洗ふと、生ぬるい水を腹いつぱい呑んで、黄ろい汚れた鏡に、みずひき草のやうに淋しい姿を写して見た。

さあ矢でも鉄砲でも飛んで来いだ。

別に当《あて》もない私は、途中下車の切符を大事にしまふと、楠公《なんこう》さんの方へブラブラ歩いてゐた。

古ぼけたバスケット。

静脈の折れた日傘。

煙草の吸殻よりも味気ない女。

私の戦闘準備はたつたこれだけでございます。

砂ぼこりの楠公さんの境内は、おきまりの鳩と絵ハガキ屋。

私は水の枯れた六角の噴水の石に腰を降ろして、日傘で風を呼びながら、汐つぱい青い空を見た。あんまりお天陽様が強いので、何もかもむき出しにぐんにやりしてゐる。


何年昔になるだらう――

十五位の時だつたかしら、私はトルコ人の楽器屋に奉公してゐたのを思ひ出した。

ニイーナといふ二ツになる女の子の守《も》りで、黒いゴム輪の腰高な乳母車に、よく乗つけてメリケン波止場の方を歩いたものだつた。


クク……クク……鳩が足元近かく寄つて来る。

人生鳩に生れるべし。

私は、東京の男の事を思ひ出して、涙があふれた。

　一生たつたとて、私が何千円、何百円、何拾円、たつた一人のお母さんに送つてあげる事が出来るだらうか、私を可愛がつて下さる行商してお母さんを養つてゐる気の毒な義父《とう》さんを慰さめてあげる事が出来るだらうか！　何も満足に出来ない女、男に放浪し職業に放浪する私、あゝ全く頭が痛くなる話だ。

「もし、あんたはん！　暑うおまつしやろ、こつちやいおはいりな……」

　噴水の横の鳩の豆を売るお婆さんが、豚小屋のやうな店から声をかけてくれた。

　私は人なつゝこい笑顔で、お婆さんの親切に報いるべく、頭のつかへさうな、アンペラ張りの店へはいつて行つた。

　文字通り、それは小屋で、バスケツトに腰をかけると、豆くさいけれど、それでも涼しかつた。

　ふやけた大豆が石油鑵の中につけてあつた。

　ガラスの蓋をした二ツの箱には、おみくじや、固い昆布がはいつてゐて、いつぱいほこりをかぶつてゐた。

「お婆さん、その豆一皿ください」

　五銭の白銅を置くと、しなびた手でお婆さんは私の手をはらつた。

「ぜゝ、なぞほつとき」

此のお婆さんにいくつですと聞くと、七十六だと云つた。

虫の食つたおヒナ様のやうにしほらしい。

「東京はもう地震はなほりましたかいな」

歯のないお婆さんはきんちやくをしぼつたやうな口をして、優しい表情《かお》をする。

「お婆さんお上り」

私はバスケットから、お弁当を出すと、お婆さんはニコニコして、玉子焼きを口にふくらます。


「お婆さん、暑うおまんなあ」

お婆さんの友達らしく、腰のしやんとしたみすぼらしい老婆が、店の前にしやがむと、

「お婆《ば》はん、何ぞえゝ、仕事ありまへんやろかな、でもな、あんまりぶらぶらしてますよつて会長はんも、えゝ顔しやはらへんのでなあ、なんぞ思ふてまんねえ……」

「そうやなあ、栄町《さかえちよう》の宿屋はんやけど、蒲団の洗濯があるといふてましたけんど、なんぼう……廿銭も出すやろか……」

「そりやえゝなあ、二枚洗らうてもわてゝ食へますがな……」

こだはりのない二人のお婆さんを見てゐると、こんなところにもこんな世界があるのかと、淋しくなつた。

たうとう夜になつてしまつた。

港の灯《あかり》のつきそめる頃は、真実そゞろ心になつてしまふ。でも朝から汗をふくんでゐる着物の私は、ワツと泣たい程切なかつた。

これでもへこたれないか！　これでもか！　何かゞ頭をおさへてゐるやうで、私はまだ、と口につぶやきながら、当もなく軒をひらつて歩いてゐると、バスケツト姿が、オイチニイの薬屋よりもはかなく思へた。

お婆さんに聞いた商人宿《きちん》はぢきにわかつた。

全く国へ帰つても仕様のない私なのだ。お婆さんが、御飯焚きならあると云つたけれど、——

海岸通りに出ると、チツチツと舌を鳴らして行く船員の群が多かつた。

船乗りは意気で勇ましくていゝなあ——

私は商人宿とかいてある行燈をみつけると、ジンと耳を熱くしながら、宿代を聞きにはいつた。

親切さうなお上さんが、張場にゐて、泊りだけなら六十銭でいゝと、旅心をいたはるやうに「おあがりやす」と云つてくれた。

三畳の壁の青いのが変に淋しかつたが、朝からの浴衣を着物にきかへると、宿のお上さんに教はつて、近所の銭湯に行つた。

旅と云ふものはおそろしいやうで、肩のはらないもの。

女達は、まるで蓮の花のやうに小さい湯舟を囲んで、珍らしい言葉でしやべつてゐる。

旅の銭湯にはいつて、元気な顔をしてゐるが、あの青い壁に押されて寝る今夜の夢を思ふと、私はふつと悲しくなつた。

七月×日

坊さん簪《かんざし》買《こ》ふたと云うた……

窓の下を人夫達が土佐節を唄ひながら通つて行く。

ランマンと吹く風に、波のやうに蚊屋が吹き上つて、まことに楽しみな朝の寝ざめ、郷愁《うれい》をおびた土佐節を聞いてゐると、高松のあの港が恋ひしくなつた。

私の思ひ出に何の汚《けが》れもない四国の古里、やつぱり帰へらうかなあ……。御飯焚きになつてみたとこで仕様がないし……。

オイ馬鹿！

メス！

赤豚！

別れて来た男のバリゾウゴンを、私は唄のやうに天井に投げとばして、バットを深々と吸つた。

「オーイ、オーイ」船員達が呼びあつてゐる。

私は宿のお上さんに頼んで、岡山行きの途中下車の切符を、除虫菊の仲買の人に壱円で買つてもらふと、私は兵庫から高松行きの船に乗る事にした。

元気を出して、どんな場合にでも、へこたれてはならない。

小さな店屋で、瓦煎餅を一箱買ふと、私は古ぼけた、兵庫の船宿で、高松行きの三等切符をかつた。やつぱり国へかへりませう。

透徹した青空に、お母さんの情熱が一本の電線となつて、早く帰つておいでと呼んでゐる。

不幸な娘でございます。

汚れたハンカチーフに、氷のカチ割りを包んで、私は頰に押し当てた。子供らしく子供らしく、すべては天真ランマンと世間を渡りませう。

――一九二六――

女の吸殻

詩人野村吉哉とまた、よりを戻してしまう。しかし男の不在中に恋文の束を見つける。「あなたの紗和子より」とか「やっぱり温泉がいゝわね」とか。腹が立つ。自分をカフェで働かしといてなんだよ！　男に貢ぐつもりの二十円を持って外に出る。

この叙述には、のちに野村吉哉夫人となった沢子が抗議している。野村吉哉が早く死んだ後に。確かに人間は得てして一方的、自分の都合と事情でモノを言う。特に恋愛については、双方の事情と思いは食い違う。この章は「メス」「インバイ」「豚」などと自分をののしる男と別れたい気持ちと、病気の男がかわいそうという気持ちに引き裂かれている。

「人生鳩に生れるべし」。人間は働かなくちゃ食べられない。芙美子はあちこちで書く。猫はいいな。働かなくても食べられるから。カンナは働かなくても咲いている。幽霊、いいかも。幽霊は空腹を感じない。

また旅に出たくなり、明石行きの三等列車に乗る。途中神戸で下りる。メリケン波止場から母の待つ高松行きの船に乗る。糸の切れた凧《たこ》のような芙美子を繋《つな》ぎ止めるのはいつも母なのであった。

秋の脣《くちびる》

十月八日
呆然《ぼんやり》と梯子段の上の汚れた地図を見てゐると、蒼茫《あおあお》とした夕暮れの日射しに、地図の上は落漠とした秋であつた。

寝ころんで煙草を吸つてゐると、訳もなく涙がにじんで、細々と侘しくなる。

地図の上では、たつた二三寸の間なのに、可哀想なお母さんは四国の海辺で、朝も夜も私の事を考へて暮らしてゐるだらうに——。

風呂から帰へつて来たのか、下で女達の姦《かしま》しい声がする。

妙に頭が痛い、用もない日暮れだ。

寂しければ海中にさんらんと入らうよ、
さんらんと飛び込めば海が胸につかへる泳げば流るる、
力いつぱい踏んばれ岩の上の男。

秋の空気があんまり青いので、私は白秋のこんな唄を思ひ出した。

あゝ此世の中は、たつたこれだけの楽しみであつたのか、ヒイフウ……私は指を折つて、ささやかな可哀想な自分の年を考へてみた。

「おゆみさん！　電気つけておくれッ」

お上さんの癇高い声がする。

おゆみさんか、おゆみとはよくつけたもの私の母さんは阿波の徳島。


夕御飯のおかずは、いつもの通り、するめの煮たのにコンニヤク、そばでは、出前のカツが物々しい示威運動、私の食慾《しよくよく》はもう立派な機械になりきつてしまつて、するめがそしやくされないうちに、私は水でゴクゴク咽喉《のど》へ流し込む。

弐拾五円の蓄音器は、今晩もずいずいずつころばし、ごまみそずいだ。


公休日で朝から遊びに出てゐた十子《じゆうこ》が帰つて来る。

「とても面白かつたわ、新宿の待合室で四人も私を待つてたわよ、私知らん顔して見て、やつた……」

その頃女給達の仲間には、何人もの客に一日の公休日を共にする約束をして一つ場所に集合させて、すつぽかす事が流行つてゐた。

「私今日は妹を連れて活動見たのよ、自腹だから、スツテンテンよ、かせがなくちや場《ば》銭《せん》も払へない」

十子は汚れたヱプロンをもう胸にかけて、皆にお土産の甘納豆をふるまつてゐた。

今日はあの病気。胸くるしくつて、立つてゐる事が辛い。

十月×日
夜中一時。折れた鉛筆のやうに、女達は皆ゴロゴロ眠つてゐる。雑記帳のはじにこんな手紙をかいてみる。

――静栄さん。

生きのびるまで生きて来たといふ気持です。

随分長い事合ひませんね、神田でお別れしたきりですもの……。

もう、いやいや、しやにむに淋しくてならない、広い世の中に可愛がつてくれる人がなくなつたと思ふと泣きたくなります。

いつも一人ぱつちのくせに、他人の優さしい言葉をほしがつてゐます。そして一寸でも優さしくされると、嬉し涙がこぼれます。大きな声で深夜の街を唄でもうたつて歩きたい。

夏から秋にかけて、異状体になる私は働きたくつても働けなくなつて弱つてゐます故、自然と食ふ事が困難です。

金が慾《ほ》しい。

白い御飯にサクサクと歯切れのいゝ沢庵でもそへて食べたら云ふ事はないのに、貧乏すると赤ん坊のやうになる。

明日はとても嬉しいんです、少しばかりの原稿料がはいります、それで私は行けるところまで行つてみたいと思ひます。

地図ばかり見てゐるんですが、ほんとに、何の楽しさもない此カフヱーの二階で、私を空想家にするのは梯子段の上の汚れた地図です。

ひよつとしたら、裏日本の市振《いちぶり》と云ふ処へ行くかも知れません。生きるか死ぬるか、兎《と》に角《かく》旅へ出たい。

弱き者よの言葉は、そつくり私に頂戴出来るんですが、それでいいと思ふ。野性的で行儀作法を知らない私は、自然へ身を投げかけてゆくより仕方がない。此儘《このまま》の状態では、国への仕送りも出来ないし、私の人に対しても済まない事だらけです。

私はがまん強く笑つて来ました。旅へ出たら、当分田舎の空や土から、健康な息を吹きかへすまで、働いて来るつもりです。

体が悪るいのが、何より私を困らせます。それに又、あの人も病気ですし、厭になつてしまふ。金がほしいと思ひます。

伊香保《いかほ》の方へ下働きの女中にでもと談判したのですが、一年間の前借《ぜんしやく》百円也ではあんまりだと思ひます。

何のために旅をするとお思ひでせうけど、兎に角、此ま〻の状態では、私はハヽレツしてしまひます。

人々の思ひやりのない雑言の中に生きて来ましたが、もう何と言はれたつてい〻私はへこたれてしまつた。

冬になつたら、十人力に強くなつてお目にか〻りませう。い〻いちかばち〻か行くところまで行きます。私の妻であり夫である、たつた一ツの信ずる真黄《まつき》な詩稿を持つて、裏日本へ行つて来ます。お体を大切に、さよなら――。


――あなた。

フツ、リ御無沙汰して、すみません。

お体は相変らずですか、神経がトゲトゲしてゐるあなたに、こんな手紙を差し上げるとあなたは、ひねくれた笑ひをなさるでせう。

私、実さい涙がこぼれるんです。

いくら別れたと云つても、病気のあなたの事を思ふと、佗しくなります。困つた事や、嬉しかつた思ひ出も、あなたのひねくれた仕打ちを考へると、恨めしく味気なくなります。壱円札二枚入れて置きました、怒らないで何かにつかつて下さい。あの女と一緒にゐないんですつてね、私が大きく考へ過ぎたのでせうか。

秋になりました。私の脣も冷く凍つてゆきます。あなたとお別れしてから……。たいさんも裏で働いてゐます。

——オカアサン。

オカネ、オクレテ、スミマセン。

アキニ、ナツテ、イロイロ、モノイリガ、シテ、オクレマシタ。

カラダ、ゲンキデスカ。ワタシモ、ゲンキデス。コノアイダ、オクツテ、クダサツタ、ハナノクスリ、オツイデノトキ、スコシオクツテクダサイ、センジテノムト、ノボセガ、ナオツテ、カホリガ、ヨロシイ。

オカネハ、イツモノヤウニ、ハンヲ、オシテ、アリマスカラ、コノマ、キヨクエ、トリニユキナサイ。

オトウサンノ、タヨリアリマスカ、ナニゴトモ、トキノクルマデ、ノンキニシテヰナサイ、ワタシモ、コトシワ、アクネンユヱ、ジツトシテイマス。

ナニヨリモ、カラダヲ、タイセツニ、イノル、フウトウ、イレテオキマス、ヘンジクダサイ。

フミヨリ。

私は顔中を涙でぬらしてしまつた。せぐりあげても、せぐりあげても泣声が止まない。かうして一人になつて、こんな荒れたカフヱーの二階で手紙を書いてゐると、一番胸に来るのは、老いたお母さんの事だつた。

私が、どうにかなるまで、死なゝいで下さい。此まゝであの海辺で死なせるのは、みじめすぎる。

あした局へ行つて、一番に送つてあげよう、帯芯の中には、さゝけた壱円札が六七枚もたまつてゐる。貯金帳は、出たりはいつたりで、いくらもない。木枕に頭をふせてゐるとくるわの二時の拍子木がカチカチ鳴つてゐる。

十月×日

窓外は愁々《ひわひわ》とした秋景色。

小さなバスケット一ツに一切をたくして、私は興津《おきつ》行きの汽車に乗る。

土気《とけ》を過ぎると小さなトンネルがあつた。

サンプロンむかしロオマの巡礼の
知らざる穴を出でて南《みなみ》す。

私の好きな万里《ばんり》の歌である。

サンプロンは、世界最長のトンネルだけど一人のかうした当《あて》のない旅でのトンネルは、なぜかしんみりとした気持ちになる。

海へ行く事がおそろしくなつた。

あの人の顔や、お母さんの思ひが、私をいたはつてゐる。海まで走る事がこはくなつた。


三門《みかど》で下車する。

ホタホタ灯《あかり》がつきそめて、駅の前は、桑畑、チラリホラリ、藁《わら》屋根が目につく、私はバスケツトをさげたまゝ、ぼんやり駅に立ちつくしてしまつた。

「こゝに宿屋ありますか?」

「此の先の長者町《ちようじやまち》までいらつしやるとあります」

私は日在浜《ひありはま》を一直線に歩いてゐた。

十月の外房州《そとぼうしゆう》の海は、黒々ともれ上つて、海のおそろしいまでな情熱が私をコオフンさせてしまつた。

只海と空と砂浜、それも暮れ初《そ》めてゐる。自然である。なんと人間の力のちつぽけな事よ。遠くから、犬の吠える声がする。


かすりの伴天《はんてん》を着た娘が、一匹の黒犬を連れて、歌ひながら急いで来た。

波がトンキヨウに大きくしぶきすると、犬はおびえたやうに、キリツと正しく首をもたげて、海へ向つて吠えた。ヴオウ！　ヴオウ！

遠雷のやうな海の音と、黒犬の唸り声は何か神秘な力を感ぜずにはゐられなかつた。

「此辺に宿屋ありませんか！」

この砂浜にたつた一人の人間である、この可憐《かれん》な少女に私は呼びかけた。

「私のうち宿屋ではないけど、よかつたらお泊りなさい」

何の不安もなく、その娘は、漠々とした風景の中のたつた一ツの赤い脣に、うすむらさきのなぎなたほうづきを、クリイ、クリイ鳴らしながら、私を連れて後《うしろ》へ引返してくれた。

日在浜のはづれ、丁度長者町にか丶つた、砂浜の小さな破船のやうな茶屋である。此茶屋の老夫婦は、気持ちよく風呂をわかしてくれたりした。

こんな伸々《のびのび》と、自然のまゝの姿で生きてゐられる世界もある。

私は、都のあの荒れた酒場の空気を思ひ出すさへおそろしく思つた。天井には、何の魚の尻尾か、かさかさに乾いたのが張りつけてある。


此部屋の灯《あかり》も暗らければ、此旅の女の心も暗い。

何もかも事足りなくて、あんなに憧憬《あこがれ》てゐた裏日本の秋も見る事が出来なかつたが、此外房州は裏日本よりも大まかな気がする。市振から親不知《おやしらず》へかけての民家の屋根に、沢庵石のやうなものが、ゴロゴロ置いてあつたのや、線路の上まで、白いしぶきのかゝるあの蒼茫《そうぼう》たる風景、崩れた崖の上に、紅々《あかあか》と空に突きさしてゐたあざみの花、皆何年か前のなつかしい思ひ出だ。

私は磯臭い蒲団にもぐり込むと、バスケットから、コロロホルムのびんを出して、一二滴ハンカチに落した。

此まゝ消えてなくなりたい今の心に、ぢつと色々な思ひにむせてゐる事がたまらなくなつて、私は厭なコロロホルムの匂ひを押し花のやうに鼻におし当てた。

十一月×日

遠雷のやうな汐鳴りの音と、窓を打つ鏅々《しゆくしゆく》たる雨の音に、私がぼんやり目を覚ましたのは、十時頃だらうか、コロロホルムの酢の様な匂ひが、まだ部屋中流れてゐるやうで、私はそつと窓を開けた。

入江になつた渚《なぎさ》に、蒼い雨が煙つてゐた。しつとりとした朝である。母屋でメザシを焼く匂ひがプンプンする。

昼から、あんまり頭がズキズキ痛むので、娘と二人黒犬を連れて、日在浜に出て見る。渚近い漁師の家では、女子供が三々五々群れて、生鰯を竹串につきさしてゐた。竹串にさゝれた生鰯が、丘隊のやうに並んだ上に、雨あがりの薄陽が銀を散らしてゐた。

娘は馬穴《ばけつ》にいつぱい生鰯を入れてもらふとその辺の雑草を引き抜いてかぶせた。

「これで十銭ですよ」

帰へり道、娘は重さうに馬穴を私の前に出してかう云つた。

夜は生鰯の三バイ酢に、海草の煮つけに生玉子、娘はお信《のぶ》さんと云つて、お天気のいゝ日は千葉から木更津にかけて、魚の干物の行商に歩くのださうな。

店で茶をすゝりながら、老夫婦にお信さんと雑談してゐると、水色の蟹《かに》が敷居の上をゴソゴソ這つて行く。

生活《くらし》に疲れ切つた私は、石ころのやうに動かない此人達の生活を見ると、そゞろうらやましく、切なくなつてしまふ。

風が出たのか、ガクガクの雨戸が、難破船のやうにキイコ、キイコゆれて、チヱホフの小説にでもありさうな古風な浜辺の宿、十一月にはいると、もう足の裏が冷々とつめたい。

十一月×日

富士を見た
富士山《やま》を見た
赤い雪でも降らねば
富士をい、山だと賞《ほ》めるに当らない。

あんな山なんかに負けてなるものか
汽車の窓から何度も思つた徊想《かいそう》
尖つた山の心は
私の破れた生活を脅かし

私の瞳《め》を寒々と見降ろす。

富士を見た
富士山を見た
烏よ！
あの山の尾根から頂上へと飛び越へて行け！
真紅《まつか》な口でカラアとひとつ嘲笑つてやれ

風よ！
富士はヒワヒワとした大悲殿だ
ビユン、ビユン吹きまくれ
富士山は日本のイメージーだ
スフインクスだ
夢の濃いノスタルジヤだ
魔の住む大悲殿だ。

富士を見ろ！

富士山を見ろ！
北斎の描《えが》いたかつてのお前の姿の中《うち》に
若々しいお前の火花を見たが……

今は老ひ朽ちた土《と》まんぢゆう
ギロギロした瞳《め》をいつも空にむけてゐるお前——
なぜやくざな
不透明な雲の中に逃避してゐるのだ！

烏よ！　風よ！
あの白々とさへかへつた
富士山の肩を叩いてやれ
あれは銀の城ではない
不幸のひそむ大悲殿だ

富士山よ！
お前に頭をさげない女がこゝに立つてゐる

お前を嘲笑してゐる女がこゝにゐる。

富士山よ
富士よ！
颯々《さつさつ》としたお前の火のやうな情熱が
ビユンビユン唸つて
ゴウジヨウな此女の首を叩き返へすまで
私はユカイに口笛を吹いて待つてゐやう。

私はまた元のおゆみさん、胸にヱプロンをかけながら、二階の窓をあけに行くと、ほんのひとなめの、薄い富士山が見える。

あゝあの山の下を私は何度不幸な思ひをして行き返へりした事だらう。でもたとへ小さな旅でも、二日の外房州のあの亮々《りようりよう》たる風景は、私の魂も体も汚れのとれた美しいものにしてしまつた。

旅はいゝ。野中の一本杉の私は、せめてこんな楽みでもなければやりきれない。

明日から紅葉《もみじ》デーで、私達は狂人《きちがい》のやうな真紅《まつか》な着物のおそろひださうな、都会はあとからあとから、よくもこんなチカチカした趣向を思ひつくものだ。

又新らしい女が来てゐる。

今晩もお面のやうにお白粉をつけて、二重な笑ひでごまかしか……うきよとはよくも云ひ当てしものかな――。

留守中、お母さんから、さらしの襦袢二枚送つて来る。


――一九二六――

秋の唇

新宿のカフェに戻ってまた女給「ユミちゃん」になる。南天堂の詩人仲間、友谷静栄に手紙を書く。裏日本に旅に行きたい、と。友谷は色黒だけどおかっぱ頭の美人で、何人かの男と同棲ののち、慶應大学教授の上田保夫人になった。

病気のあの男にも書く。「秋になりました。私の唇も冷く凍つてゆきます」。二円同封。「たいさんも裏で働いてゐます」。

平林たい子もこのころ新宿で女給をしていた。芙美子が「つるや」、たい子は「とらや」。長野の諏訪《すわ》の出身で、同じく女学校までは出ていた。上京して丸善の書店員になったりもしたが、山本虎三、小堀甚二《じんじ》、飯田徳太郎などとこちらも同棲を繰り返し、男は誰も金がなく、カフェで働くことになった。『文学的自叙伝』によれば、「働くのが嫌になると、一人暮らしのたい子さんの酒屋の二階に転がり込んだ」とある。これは本郷にあった。

　戦後、林芙美子、平林たい子、宮本百合子、女性作家がすばらしい人気だった時代がある。宮本百合子は建築家のお嬢様で、最初の結婚をほどき、革命後十年のソビエトに行って、社会主義者になった。年下の理論家宮本顕治と再婚、夫がとらわれると十二年の獄中を支えた。しかし、自分も下獄した時の熱中症がたたって一九五一年一月、五十過ぎでなくなっている。そして林芙美子は同じ年の六月、人気絶頂の四十六歳で過労死した。一人生き延びた平林たい子はかつての盟友を『林芙美子』という伝記に書いている。

　母親にも手紙を出す。「オカネ、オクレテ、スミマセン」。なんと健気な芙美子だろう。当時、老親を仕送りで支えるのは子供の義務であった。

　カフェの賄いは毎日、スルメを煮たのにこんにゃく。

　思い立って上総興津行きの列車に乗る。芙美子はここで好きな平野万里の歌を挙げている。

　　サンプロンむかしロオマの巡礼の
　　知らざる穴を出でて南す。

　これはまさに平野万里が師と仰ぐ森鷗外訳「即興詩人」の影響のもとにある。サンプロンはシンプロン峠、ドイツからイタリアに行く途中の峠である。そこに一九〇六年、世界一長いトンネルができた。一九一六年にドイツに留学した平野万里は、一八三〇年、アンデルセンの頃の難儀な旅を思ってこんな詩を作ったのだろう。

三門で下車。日在浜を歩く。可憐な少女と出会い、長者町の茶屋に泊まる。生イワシがバケツ一杯で十銭。宿では生イワシの三杯酢。海草の煮付け、生たまごが出た。たった二日でも旅に出て、海辺を歩き、「私の魂も体も汚れのとれた美しいもの」になったという。この日在浜は森鷗外の別荘もあったところだが、海べりに林芙美子の大きな石碑も立っている。

この秋、長野県出身の画学生手塚緑敏《まさはる》（通称リョクビン）と出会う。『文学的自叙伝』には「昭和元年、現在の良人《おっと》と結婚」と書いているが、手塚は『放浪記』には一切登場しない。

大正十五年は十二月二十五日に大正天皇がなくなり、昭和元年はたった七日間しかなかった。

下谷の家

一月×日

カフヱーで酔客にもらつた指輪が、思ひがけなく役立つて、拾参円で質に入れると、私と時《とき》ちやんは、千駄木《せんだぎ》の町通りを買物しながら歩いた。

古道具屋で、箱火鉢と小さい茶ブ台を買つたり、沢庵や茶碗や、茶呑道具まで揃へると、あと半月分あまりの間代を入れるのが、せいいつぱい。

原稿用紙も買へない。

拾参円の金の他愛なさよ。

白い息を吹きながら、二人が重い荷を両方から引つぱつて帰つた時は、十時近かつた。

「芙美ちやん！　前のうち小唄の師匠よ、ホラ……い丶わね」

傘さして

かざすや廓の花吹雪
この鉢巻は過ぎしころ
紫にほふ江戸の春

目と鼻の露路向うの二階屋から、沈みすぎる程、いゝ三味線の音〆《ねじめ》、細目にあけた雨戸の蔭には、灯《ひ》に明るい、障子のこまかいサンが見へる。

「お風呂明日にして寝ませう……上蒲団借りた？」

時ちゃんはビシヤリと障子を締めた。


敷蒲団はたいさんと私と一緒の時代のが、たいさんが小堀さんとこへお嫁に行つたので残つてゐた。

あの人は鍋も、庖丁《ほうちょう》も敷蒲団も置いて行つてしまつた。

一番なつかしく、一番厭な思ひ出の残つた本郷の酒屋の二階を思ひ出した。同居の軍人上りや、二階でおしめを洗つたその妻君や、人のいゝ酒屋の夫婦や、用が片づいたら、あの頃の日記でも出して読まう——。

「どうしたかしら、たい子さん！」

「今度こそ幸福になつたでせう。小堀さん、とても、ガンジヨウな人ださうだから、誰が来ても負けないわ……」
「いつか遊びに連れて行つてね」
「あゝ……」

二人は、下の叔母さんから借りた上蒲団をかぶつて日記をつけた。

一、拾参円の内より
茶ブ台　壱円。
箱 火 鉢　壱円。
シクラメン一鉢　卅五銭。
飯茶わん　弐拾銭。　二箇《こ》。
吸物わん　参拾銭。　二箇。
ワサビズケ　五銭。
沢　庵　拾壱銭。
箸　五銭。　五人前。
茶呑道具　盆つき　壱円拾銭。
桃太郎の蓋物　拾五銭。
皿　弐拾銭。　二枚。

間代日割り　六円。（三畳九円）
火　箸　拾銭。
餅　網　拾弐銭。
ニームのつゆ杓子《しやくし》　拾銭。
御飯杓子　参銭。
花紙一束　弐拾銭。
肌色美顔水　弐拾八銭。
御神酒《おみき》　弐拾五銭。一合。
引越し蕎麦《そば》　参拾銭。下へ。

一、壱円弐拾六銭　残金。

「心細いなあ……」

私は鉛筆のしんで頬つぺたを突きながら、つんと鼻の高い時ちやんの顔をこつちに向けて日記をつけた。

「炭は？」

「炭は、下の叔母さんが取りつけの所から月末払ひで取つてやるつてさ」

時ちやんは安心したやうに、銀杏返へしの鬢を細い指で持ち上げて、私の脊《せ》に手を巻いた。

「大丈夫つてばさ、明日からうんと働らくから芙美ちやん元気を出して勉強してね。浅草を止《や》めて、日比谷あたりのカフヱーなら通ひでいゝだらうと思ふの、酒の客が多いんだつて……」

「通ひだと二人とも楽しみよ、一人ぢや御飯もおいしくないね」

私は煩雑だつた今日の日を思つた。


萩原さんとこのお節《せつ》ちやんに、お米も二升もらつたり、画描きの溝口さんは、折角北海道から送つて来たと云ふ、餅を風呂敷に分けてくれたり、指輪を質へ持つて行つてくれたり。

「当分二人でみつしり働かうね。ほんとに元気を出して……」

「雑色のお母さんのところへは参拾円も送ればいゝんだから」

「私も少し位は原稿料がはいるんだから、沈黙《だま》つて働けばいゝのね」

雪の音かしら、窓に何かサ、、、と当つてゐる。

「シクラメンつて厭な匂ひだ」

時ちやんは、枕元の紅いシクラメンの鉢をそつと押しやると、簪も櫛も抜いて、「さあ寝んねおしよ」

暗い部屋の中で、花の匂ひだけが、強く私達をなやませた。

二月×日

積る淡雪積ると見れば
消えてあとなき儚《はか》なさよ
柳なよかに揺れぬれど
春は心のかはたれに……

時ちやんの唄声でふつと目を覚ますと、枕元に、白い素足が並んでゐた。

「もう起きたの……」

「雪が降つてるよ」

起きると、湯もたぎつて、窓外の板の上で、御飯もグツグツ白く吹きこぼれてゐた。

「炭もう来たの……」

「下の叔母さんに借りたのよ」

いつも台所をした事のない時ちやんが、珍らしさうに、茶碗をふいてゐた。

久し振りに、猫の額程の茶ブ台の上で、幾年にもない長閑《のどか》なお茶を吞む。

「やまと館の人達や、当分誰にもところを知らさないでおきませうね」

時ちゃんはコックリをして、小さな火鉢に手をかざす。

「こんなに雪が降つても出掛ける？」

「うん」

「ぢやあ私も時事新聞の白木《しろき》さんに会つてこよう。童話がいつてるから」

「もらへたら、熱いものしといて、あつちこつち行つて見るから、私はおそくなるよ」

始めて、隣りの六畳間の古着屋さん夫婦にもあいさつをする。

鳶《とび》の頭《かしら》をしてゐると云ふ、下のお上さんの旦那にも会ふ。

皆、歯ぎれがよくて下町人らしい。

「前は道路に面してゐたんですよ、でも火事があつて、こんなとこへ引つこんぢやつて……前はお妾《めかけ》さん、露路のつきあたりは清元でこれは男の師匠でしてね、やかましいには、やかましうござんすがね……」

私はおはぐろで歯をそめてゐるお上さんを珍らしく見た。

「お妾さんか、道理で一寸見たけどいゝ女だつたよ」

「でも下の叔母さんが、あんたの事を、此近所には一寸居ない、いゝ娘ですつてさ」

二人は同じやうな銀杏返しをならべて雪の町へ出た。

雪はまるで、気の抜けた泡のやうに、目も鼻もおほひ隠さうとする程、元気に降つてゐた。

「金もうけは辛いね」

ドンドン降つてくれ、私が埋《うず》まる程、私はえこぢに、傘をクルクルまはして歩いた。どの窓にも灯《あかり》のついてゐる八重洲《やえす》の通りは、紫や、紅《べに》のコートを着た、務めする女の人達が、やつぱり雪にさからつてゐる。

コートも着ない私の袖は、ぐつしより濡れてしまつて、みじめなヒキ蛙《がえる》。

白木さんはお帰りになつた後か、さうれ見ろ！

これだから、やつぱりカフヱーで働くと云ふのに、時ちやんは勉強しろと云ふ。広い受付けに、このみじめな女は、かすれた文字をつらねて、困つておりますからとおきまりの置手紙を書いた。

だが時事のドアーは面白いな。クルリクルリ、水車《みずぐるま》、クルリと二度押すと、前へ逆もどり、郵便屋が笑つてゐた。

何と小さな人間達よ。ビルデングを見上げると、お前なんか一人生きてたつて、死んだつて同じぢやないかと云ふ。

だが、あのビルデングを売つたら、お米も間代も一生はらへて、古里に長い電報が打てるだらう。

ナリキンになるなんて、云つてやつたら、邪けんな親類も、冷たい友人も、驚くだらう。

あさましや芙美子
消えてしまへ。

時ちゃんは、かじかんで、この雪の中を野良犬のやうに歩いてゐるんだらうに――。

二月×日
あゝ今晩も待ち呆《まぼ》け。

箱火鉢で茶をあたゝめて、時間はづれの御飯をたべる。

もう一時すぎなのになあ――。

昨夜《ゆうべ》は二時、おとゝひは一時半、いつも十二時半にはきちんと帰つてゐた人が、時ちゃんに限つて、そんな事もないだらうけれど……。

茶ブ台の上には、若草への原稿が二三枚散らばつてゐる。

もう家には拾壱銭しかないのだ。

きちんきちんと、私にしまはせてゐた拾円たらずのお金を、いつの間にか持つて出てしまつて、昨日《きのう》も聞きそこなつてしまつたが。

蒸してはおろし、蒸してはおろしするので、御飯はビチヤビチヤしてゐた。蛤鍋《はまなべ》の味噌も固くなつてしまつた。インガな人だなア、原稿も書けないので、鏡台のそばに押しやつて、淋しく床《とこ》をのべる。

あゝ髪結さんにも行きたいなア、もう十日あまりも銀杏返へしをもたせて、地《じ》がかゆい。

帰へつて来る人が淋しいだらうと、電気をつけて、紫の布をかけておく。

三時。

下のお上さんのブツブツ云ふ声に目を覚ますと、ドタン、ドタン時ちやんが大きな足音で上つて来る。酔つぱらつてゐるらしい。

「すみません！」

蒼ざめた顔に、髪を乱して、紫のコートを着た時ちやんが、蒲団の裾にくづ折れると、まるで駄々ツ子のやうに泣き出してしまつた。

私は言葉をあんなに用意してまつてゐたのに、一言も云へなくて沈黙《だま》つてゐた。

「さよなら時ちやん！」

若々しい男の声が消えると、露路口で間抜けた自動車の警笛《サイレン》が鳴つた。

二月×日

二人共面伏《おもぶ》せな気持ちで御飯をたべた。

「此頃は少しなまけてゐるから、梯子段を拭いてね、私洗濯するから……」

「私するから、こゝほつといてい〻よ」

寝ぶそくな、はれぽつたい時ちゃんの瞼を見ると、たまらなくいじらしくなる。

「時ちゃん、その指輪どうして……」

かぼそい薬指に、サンゼンと白い石が光つて台はプラチナだつた。

「紫のコートわ……」

「………」

「時ちゃんは貧乏が厭になつてしまつた？」

私は下の叔母さんに顔を合はせる事は肌が痛くなる。

「姉さん！　時坊は少しどうかしてますよ」

水道の水と一緒に、叔父さんの言葉が痛く来た。

「近所のてまへがありまさあね、夜中に自動車をブウブウやられちやあね、町内の頭《かしら》なんだから、一寸でも風評《うわさ》が立つと、うるさくてね……」

あゝ御もつとも様で、洗ひものをしてゐる脊にビンビン言葉が当つて来る。

二月×日

時ちゃんが帰らなくなつて五日。

ひたすら時ちゃんのたよりを待つ。

彼《か》の女《じょ》はあんな指輪や、紫のコートのおとりに負けてしまつた。


生きてゆくめあてのないあの女の落ちて行く道かも知れない。

あんなに貧乏はけつして恥ぢゃあないと云つてあるのに……十八の彼の女は紅《べに》も紫も欲しかつた。私は五銭あつた銅銭で、駄菓子を五ツ買つて来ると、床の中で古雑誌を読みながらたべた。


貧乏は恥ぢゃあないと云つたものゝあと五ツの駄菓子は、しよせん私の胃袋をさいどしてはくれぬ。手を延ばして押し入れをあけて見る。白菜の残りをつまみ、白い御飯の舌ざはりを空想する。

何もない。

漠々。

涙がにじんで来る。

電気でもつけよう……駄菓子ではつまらないと見えて腹がグウグウ……辛気に鳴る。

隣りの古着屋さんの部屋では、ジ……と秋刀魚を焼く強烈《いや》な匂ひがする。

食慾と性慾！

時ちやんぢやないが、せめて一碗のめしにありつかうか。

食慾と性慾！

私は泣きたい気持ちで、此の言葉を噛んだ。

二月×日
芙美子さま。

何も云はないでかんにんして下さい。指輪をもらつた人に脅迫されて、浅草の待合に居ます。

妻君があるんですけど、それは出してもいゝつて云ふんです。

笑はないで下さい。その人は請負師で、今四十二です。

着物も沢山こしらへてくれましたの、貴女《あなた》の事も話したら、四拾円位は毎月出してあげると云つてました。

私嬉しいんです。

読むにたへない時ちゃんの手紙の上に、こんな筈ではなかつたと、涙が火のやうにむせた。

歯が金物のやうにガチガチ鳴つた。

私がそんな事をいつたのんだ！　馬鹿馬鹿こんなにも、こんなにもあの十八の女はもろかつたのか！

目が円くふくれ上がつて、見えなくなる程泣きぢやくつた私は、時ちゃんへ向つて呼んで見た。

所を知らせないで。浅草の待合なんて……。

四十二《メフィストフェレス》の男！

きもの、きもの。

指輪もきものもなんだ信念のない女よ！

あゝでも、野百合のやうに可憐であつたあの姿、きめの柔かい桃色の肌、黒髪、あの女はまだ処女《むすめ》であつた。

何だつて、最初のべエゼ《はな》をそんな、浮世のボオフラのやうな男にくれてしまつたんだらう……愛らしい首を曲げて、春は心のかはたれに……

私に唄つてくれたあの少女が……四十二の男よ呪はれてあれ！


「林さん書留めですよツ！」

珍らしく元気のいゝ叔母さんの声に、梯子段に置いてある日本封筒をとり上げると、時事の白木さんからの書留め。

金弐拾参円也！　童話の稿料。

当分ひもじいめをしなくてすむ。胸がはづむ、狂人水《さけ》を呑んだやうにも。でも何か一脈の淋しい流れが胸にあつた。

嬉しがつてくれる相棒が、四十二の男《メフイストフエレス》に抱かれてゐる。


白木さんの手紙。

いつも云ふ事ですが、元気で御奮闘を祈る。

私は窓をいつぱいあけて、上野の鐘を聞いた。晩は寿司でも食べよう。


——一九二七——

下谷の家

年号は大正から昭和へと変わる。酔客にもらった指輪を13円で質に入れ、下谷の三畳間へ越す。千駄木の通りの古道具屋で箱火鉢とちゃぶ台などを揃えて、カフェの同僚、時ちゃんと暮らす。女二人のルームシェア。女手で火鉢やちゃぶ台を運ぶとすれば、下谷区といっても谷中《やなか》か池之端《いけのはた》あたりと思われる。

たい子さんは小堀甚二のところへ行ってしまった。包丁も布団も置いたまま。萩原恭次郎の妻、節子が米を貸してくれる。貧乏人の助け合い。雪も降ってくる。本郷の元いた下宿、やまと館の人たちにも当分場所を知らせないことにする。隣の六畳間の古着屋さん夫婦、下の鳶の頭。前はお妾さん、突き当たりは清元の男の師匠。みんな下町の気取らないいい人たちだ。

時事新聞の白木さんに預けた童話の首尾を聞きに行く。ご飯に蛤鍋で時ちゃんを待っている。夜中の三時に酔っ払ってご帰還。男と寝てきたんだ、とぴんと来る。「時ちゃんは貧乏が厭になつてしまつた?」。四十二歳の請負師に十八歳の女はたやすく騙《だま》される。またひとつ、若い女の不幸を見てしまった。

「林さん書留めですよッ!」。童話の原稿料が入る。窓を開けて上野の時の鐘をきく。と言うことは上野の山からそう遠くない場所だ。

ここで改造社版『放浪記』は終わっている。

付録　三白草《どくだみ》の花

九月×日
今日も亦《また》あの雲だ。

むくむくと湧き上る雲の流れを私は昼の蚊帳の中から眺めてゐた。

今日こそ十二社《じゅうにそう》に歩いて行かう——さうしてお父さんやお母さんの様子を見てこなくちやあ……私はお隣りの信玄袋に凭れてゐる大学生に声を掛けた。

「新宿まで行くんですが、大丈夫でせうかね」

「まだ電車も自動車もありませんよ」

「勿論歩いて行くんですよ」

此青年は沈黙《だま》つて無気味な雲を見てゐた。

「貴方はいつまで野宿をなさるおつもりですか？」

「さあ、此広場の人達がタイキヤクするまで。僕は原始にかへつたやうで、とても面白いんです」

チエツ、生噛《なまかじ》りの哲学者メ。

「御両親のところで、当分落ちつくんですか……」

「私の両親なんて、私と同様に貧乏で間借りですから、長くは居ませんよ。十二社の方は焼けてやしないでせうね」

「さあ、郊外は暴徒が大変ださうですね」

「でも行つて来ませう」

「さうですか、水道橋までおくつてあげませう」

青年は土に突きさした洋傘を取つて、クルクルまはしながら、雲の間から、霧のやうに降りて来る灰をはらつた。

私は四畳半の蚊帳をたゝむと、崩れかけた下宿へ走つた。宿の人達は、ゴソゴソ荷物を片づけてゐた。

「林さん大丈夫ですか、一人で……」

皆が心配してくれるのを振り切つて、私は木綿の風呂敷を一枚持つて、モウモウとした道へ出た。

根津の電車通りは、みゝずのやうにかぼそく野宿の群がつらなつてゐた。

青年は真黒に群れた人波を分けて、くるくる黒い洋傘《パラソル》をまはして歩いてゐる。

私は下宿に、昨夜間代を払はなかつた事が何かキセキのやうに思へる。お天道様相手に行動《みうご》きをしてゐる、お父さん達の事を思ふと、此参拾円ばかりの月給も、おろそかにつかへない。

途中壱升壱円の米を二升買ふ。

外に朝日五ツ。

干しうどんのくづ五拾銭買ふ。

お母さん達が、どんなに喜んでくれるだらう。ぢりぢりした暑さの中に、日傘のない私は、長い青年の影をふんで歩いた。

「よくもこんなに焼けたもんだ！」

私は二升の米を背負つて歩くので、はつかはつか鼠くさい体臭がムンムンして厭だつた。

「すいとんでも食べませうか」

「私おそくなるから止《よ》しますわ」

青年は長い事立ち止つて汗をふいてゐたが、洋傘をくるくるまはすと、それを私に突き出して云つた。

「これで五十銭貸して下さい」

私はお伽話的な青年の行動に好ましい微笑を送つた。そして気もちよく桃色の五十銭札を二枚出して青年の手にのせてやつた。

「貴方はお腹がすいてたんですね……」

「ハッハッ……」青年はほがらかに哄笑した。

「地震つて素的だな！」

十二社まで送つてあげると云ふ、青年を無理に断はつて、私はテクテク電車道を歩いた。

あんなに美しかつた女性達が、たつた二三日のうちに、みんな灰つぽくなつて、桃色の蹴出しは、今は用のない花である。

十二社についた時は、日暮れだつた。四里はあるだらう。私は棒のやうにつゝぱつた足を、父達の間借りの家へ運んだ。

「まあ入れ違ひですよ。今日引越していらつしたんですよ」

「まあ、こんな騒ぎにですか」

「いゝえ私達が、こゝをたゝんで帰国しますから」

私は呆然としてしまつた。番地も何も聞いておかなかつたと云ふ関西者らしい薄情さを持つた髪のうすい此女を憎らしく思つた。

私は堤の上の水道のそばに、米を投げるやうにおろすと、深々と煙草を吸つた。少女らしい涙がにじんで来る。

遠くつゞいた堤のうまごやしの花は、兵隊のやうに、皆地びたにしやがんでゐる。星がチカチカ光り出した。野宿をするべく心を決めた私は、なるべく人の多いところへ、堤を降りると、とつゝきの歪んだ床屋の前に、ポプラで囲まれた広場があつた。

そして、二三の小家族が群れてゐた。

「本郷から、大変でしたね……」

人のいゝ床屋のお上さんは店から、アンペラを持つて来て、私の為に寝床をつくつてくれた。

高いポプラがゆつさゆつさ風にそよぎ出した。

「これで雨にでも降られたら、散々ですよ」

夜警に出かける年とつた御亭主が、鉢巻をしながら、空を見て、つぶやいた。

九月×日
朝。

久し振りに、古ぼけた床屋さんの鏡を見る。

まるで山出しの女中さんだ。私は苦笑しながら、髪をかき上げた。油つ気のない髪が、バラバラ額にかゝつて来る。

床屋さんに、お米二升をお礼に置く。

「そんな事してはいけませんよ」

お上さんは一丁ばかりもおつかけて、お米をゆさゆさ抱へて来た。

「実は重いんですから……」

さう云つてもお上さんは、二升のお米を困る時があるからと云つて、私の背に無理に背負はせてしまつた。


昨日来た道である。

相変らず、足は棒のやうになつてゐる。若松町まで来ると、膝が痛くなつてしまつた。

すべては天真ランマンにぶつからう。私は、缶詰の箱をいつぱい積んでゐる自動車を見ると、矢もたてもたまらなくなつて叫んだ。

「乗つけてくれませんかッ！」

「どこまで行くんですッ！」すべては、かくほがらかである。

私はもう両手を缶詰の箱にかけてゐた。

順天堂前で降ろされると、私は投げるやうに、四ツの朝日を運転手達に出した。

「ありがたう」

「姉さん、さようなら……」

私が根津の権現《ごんげん》様の広場へ帰つた時、大学生は、例の通り、あの大きな傘の下で、気味の悪い雲を見てゐた。そして、その傘の片隅には、シヤツを着たお父さんがしよんぼり煙草をふかしてゐた。

「入れちがひぢやつたのう……」もう二人共涙である。

「いつ来た！　御飯たべた！　お母さんは……」

矢つぎ早やの私の言葉に、父は、昨夜暴徒と間違へられながらやつと来たら入れ違ひだつた事や、帰れないので、学生さんと話しあかした事など物語つた。

私はお父さんに、二升の米と、半分になつた朝日と、うどんの袋をもたせると、汗ばんでしつとりとしてゐる拾円札を壱枚出して父にわたした。

「もらつてえゝかの？……」

お父さんは子供のやうにわくわくしてゐる。

「お前も一しよに帰らんかい」

「番地さへ聞いておけば大丈夫よ、二三日のうちに又行くから……」

道を叫んで行く人の声を聞いてゐると、私もお父さんも切なかつた。

「産婆さんはおいでになりませんかッ……どなたか産婆さん御存知ではありませんかッ！」

九月×日
街角の電信柱に、初めて新聞が張り出された。

久し振りに、なつかしいたよりを聞くやうに、私も大勢の頭の後から、新聞をのぞいた。

——灘《なだ》の酒造家よりの、お取引先に限り、酒荷船《さかに》で大阪まで無料にてお乗せいたします。定員五十名。

何と素晴らしい文字よ。

あゝ私の胸は嬉しさではち切れさうだつた。

私の胸は空想でふくらんだ。酒屋でなくつたつてかまふものか。

旅へ出よう。

美しい旅の古里へ出よう。

海を見て来よう――。

私は二枚ばかり単衣《ひとえ》を風呂敷に包むと、帯の上に背負つて、それこそ飄然《ひょうぜん》と、誰にも沈黙《だま》つて下宿を出た。

万世橋《まんせいばし》から乗合馬車に乗つて、まるでこはれた羽子板のやうに、ガツクンガツクン首を振つて長い事芝浦までゆられた。

道中費、金七十銭也。

高いやうな、安いやうな、何だか降りた時は、お尻がピリピリ痺れてしまつてゐた。

すいとんいいい――うであづきいいい――おこはいいい――果実《くだもの》――かうした、ごみごみと埃をあびた露店をくゞつて行くと、肥料くさい匂がぷんぷんして、築港には、鷗《かもめ》のやうに白い水兵達が群れてゐた。

「灘の酒船の出るところはどこでせうか」

飛魚のやうに、ボートのいつぱい並んでゐる小屋のそばの天幕《テント》の中に、その事務所があつた。

「貴女お一人ですか……」

事務員の人達は、みすぼらしい私の姿をジロジロ注視《み》た。

「え、さうです。知人が酒屋をしてゐまして、新聞を見せてくれたのです。是非乗せて戴きたいのですが……国で皆心配してますから」

「大阪からどちらです」

「尾道です」

「こんな時は、もう仕様おまへん。お乗せしますによつてに、これ落さんやうに持つて行きなはれ……」

ツルツルした富久娘のレッテルの裏に、私の東京の住所と姓名と年と、行き先を書いたのを渡してくれた。

これは面白くなつて来た。

何年振りに尾道へ行く事だらう。あゝあの海、あの家、あの人、お父さんや、お母さんは、借金が山ほどあるんだから、どんな事があつても、尾道へは行かぬやうに、と云つたけど、少女時代を過ごしたあの海添ひの町を、一人ぼつちの私は恋のやうにあこがれた。

「かまふもんか、お父さんだつて、お母さんだつて知らなけりや、いゝんだもの」

鷗のやうな水夫達の間をくゞつて、酒の香のなつかしい酒荷船へ乗り込んだ。

七十人ばかりの中に、女は私と、い、取引先のお嬢さんであらう水色の服を着た女と、美しい柄の浴衣を着た女と三人きりである。その二人のお嬢さん達は、青い茣座《ござ》の上に終始横になつて雑誌を読んだり、果実を食べたりしてゐた。

私と同じ年頃なのに、私はいつも古い酒樽の上に腰かけてゐるきりで、彼女たちは、私を見ても一言も声をかけてはくれない。

「ヘエ！　お高く止つてゐるよ」

あんまり淋しいんで、声に出してつぶやいて見た。

女が少ないので、船員達が皆私の顔を見る。

あゝこんな時にこそ、サンゼンと美しく生れて来ればよかつた。

つかひ古しの胡弓《こきゆう》のやうな私。私は切なくなつて、船底へ下りると、鏡をなくした私は、ニツケルのしやぼん箱を膝でこすつて、顔をうつしてみた。

せめて着物でも着替へよう。井筒の模様の浴衣にきかへると、落ついた私の胸に、ドツポンドツポン波の音が響く。

九月×日

もう五時頃であらうか、様々な人達の物凄い寝息と、蚊にせめられて、夜中私は眠れなかつた。

私はそつと上甲板に出ると、ホツと息をついた。

美しい朝あけである。

乳色の涼しいしぶきの中を蹴つて、此古びた酒荷船は、颯々と風を切つて走つてゐる。

月もまだ寝わすれてゐる。


「暑くてやり切れねえ！」

機関室から上つて来た、たくましい菜つ葉服を肩にかけた船員が朱色の肌を拡げて、海の涼風を呼んでゐる。

美しい風景である。

マドロスのお上さんも悪くはないな。無意識に美しいポーズをつくつてゐる、その船員の姿をぢつと見てゐた。


その一ツ一ツのポーズのうちから、苦しかつた昔の激情を呼びおこした。

美しい朝あけである。

清水港が夢のやうに近づいて来る。

船乗りのお上さんも悪くはないな。

午前八時半、味噌汁と御飯と香の物で朝食が終る。お茶を呑んでゐると、船員達が甲板を叫びながら走つて行く。

「ビスケットが焼けましたから、いらつして下さい！」

上甲板に出ると、焼きたての、ビスケットを両の袂にいつぱいもらつた。お嬢さん達は貧民にでもやるやうに眺めて笑つてゐる。

あの人達は、私が女であることを知らないでゐるらしい。二日目である。一言も声をかけてはくれぬ。

此船は、どこの港へも寄らないで、一直線に海を急いでゐるのだから嬉しい。

料理人の人が「おはよう！」と声をかけてくれたので、私は昨夜寝られなかつた事を話した。

「実は、そこは酒を積むところですから蚊が多いんですよ。今日は船員室でお寝《やす》みなさい」

此料理人は、もう四十位だらうか、私と同じ位の背の高さなのでとてもをかしい。

私を部屋に案内してくれた。

カーテンを引くと押入れのやうな寝室がある。

その料理人は、カーネエシヨンミルクをポンポン開けて私にいろんなお菓子をこしらへてくれた。小さいボーイが、まとめて私の荷物を運んで来ると、私はその寝台に長々と寝そべつた。

一寸頭を上げると円い窓の向ふに大きな波のしぶきが飛んでゐる。

今朝の美しい機関士も、ビスケットをボリボリかみながら一寸覗いて通る。私は恥かしいので寝たふりをして顔をふせてゐた。

ジユンジユン肉を焼く油の匂がする。

「私はね、外国航路の厨夫《ちゆうふ》なんですが、一度東京の震災を見たいと思ひましてね、一と船休んで、こつちに連れて来て貰つたんですよ」

大変丁寧な物云ひをする人である。

私は高い寝台の上から、足をぶらさげて、御馳走を食べた。

「後でないしよでアイスクリームを製《つく》つてあげますよ」

真実、この人は好人物《おひとよし》らしい。神戸に家があつて、九人の子持ちだとこぼしてゐた。

船に灯がはいると、今晩は皆船底に集つてお酒盛りだと云ふ。

料理人の人達はてんてこ舞ひで忙がしい。

私は灯を消して、窓から河のやうに流れ込む潮風を吸つてゐた。

フッと私は、私の足先きに、生あたゝかい人肌を感じた。

人の手だ！

私は枕元のスイッチを捻つた。

鉄色の大きな手が、カーテンに引つこんで行くところである。

妙に体がガチガチふるへる。どうなるものか、私は大きなセキをした。

カーテンの外に呶鳴《どな》つてゐる料理人の声がする。

「生意気な！　汚ない真似をしよると承知せんぞ！」

サッとカーテンが開くと料理鉋丁のキラキラしたのをさげて、料理人が、一人の若い男の背を突いてはいつて来た。

そのむくんだ顔に覚えはないが、鉄色の手にはたしかに覚えがあつた。

何かすさまじい争闘が今にもありさうで、その料理鉋丁の動く度《た》びに、私はキヤッとした思ひで、親指のやうにポキポキした料理人の肩をおさへた。

「くせになりますよッ！」

機関室で、なつかしいヱンヂンの音がする。

手をはなすと、私は沈黙つてヱンヂンの音を聞いた。

付録　三白草の花

『続放浪記』（一九三〇年十一月）所収。一九二三年九月一日、関東大震災が起こった。その時、芙美子は本郷区根津付近の下宿に一人でいた。両親は新宿の十二社にいる。安否を気遣って米二升とクズうどんを背負い、歩いて見に行くが、夕方着くと、入れ違いに両親は立ち退《たの》いていた。新宿で親切な床屋のおかみさんにアンペラ（むしろ）を敷いてもらい野宿をした。帰りは缶詰会社の車に御茶ノ水の順天堂まで乗せてもらう。ヒッチハイクである。このへんの動作は機敏。

根津に帰るが下宿は危ないので、根津神社の境内で寝泊まりする。両親は高松に避難、さらに徳島に移ったらしい。芙美子は灘の酒屋が被災者救済の無賃船を出したのに無理矢理乗せてもらい大阪へ。船内に女は三人。蚊に食われたり、いびきで寝られないが、やさしい料理人が自分の寝室を空けてくれた。親切に感謝して、懐かしい尾道に向かう。

神社境内での野宿、災害ユートピアともいえる人々の親切、民間で無賃罹災者《りさいしや》船を出したことなど、関東大震災の貴重な記述に満ちている。二〇一一年3・11東日本大震災の際、東京でも帰宅困難者が出て、家まで歩いて帰ったこととも重なる。

私の祖母は、芝白金《しばしろかね》で関東大震災に遭い、郷里の宮城県丸森まで赤ん坊を抱いて、列車の継ぎ目に座って帰った。無賃だったという。

解説

下落合の自宅で夫・緑敏と

立ちはだかるもの、すべて栄養

『放浪記』は島の男を追いかけ、一九二二（大正十一）年に上京した林芙美子が、女中、女工、店員、女給、事務員などをしながら、東京で一人で生き続けた記録である。年齢的には十九歳から二十三歳くらいまでの数年間。その間に一緒に暮らした男は初恋の大学生・岡野軍一、劇団主宰者で俳優の田辺若男、詩人の野村吉哉と三人がはっきりしている。そのほかにもたくさんの男との接近遭遇はあっただろう。

その日暮らしの生活でも、芙美子は決して諦めなかった。「いい仕事をしよう」。文学者を目指し、働きながら書いた。そしてそれを恐れずに売り込んだ。時には、歩いて家に戻ると、すでに持ち込んだ原稿が速達で返されていたこともあった。それだけではない。自分を引きたててくれそうな作家も訪ねた。宇野浩二、徳田秋声、生田長江、秋田雨雀……。芙美子は町で見るもの、出会った人、立ちはだかるすべてを栄養にした。

放浪記が世に出るまで

芙美子には文学を志した頃からつけ始めた「歌日記」なるものがあった。本人は十六歳くらいからだともいうが、年譜では、関東大震災前の二十歳頃からつけていたことになっている。これを芙美子は一九二五年くらいから様々な形で売り込んだ。「一人旅」の鑑賞で述べた徳島新聞記者の他にも、平林譲次という読売新聞の記者に売り込んだが、その机の引き出しにむなしく埋もれていた。これを平林の友人、作家の三上於菟吉《みかみおときち》が発見し、「これは面白い」といって年上の妻、同じく作家の長谷川時雨《しぐれ》が始めたばかりの「女人藝術」で連載するように勧めた。

時雨は明治末の平塚らいてうの「青鞜」創刊時にすでに作家で、賛助員になっていた。「青鞜」が一九一六年に、継承した伊藤野枝が大杉栄に走って廃刊となったころ、入れかわるように男性の作る「婦人公論」が創刊されたが、女性による女性のための文芸誌はなかった。長谷川時雨はベストセラー作家となった夫の三上於菟吉が「ダイヤモンドの指輪を買ってやる」といったのを、「そんなお金があったら女のための女の雑誌を出したい」と答えた。一九二八（昭和三）年に「女人藝術」が創刊された時、長谷川時雨は四十九歳で、チャキチャキの江戸っ子で、美しい人だった。

この雑誌から林芙美子を筆頭に、望月百合子、住井すゑ、城しづか、円地文子《えんちふみこ》、矢田津世子《つせこ》、大谷藤子などが巣立っていく。時雨は度量の広い、世話好きな人で、女性を育てるために私財を投じた。

その頃、林芙美子はようやく青春の彷徨《ほうこう》を終え、画学生で温厚な手塚緑敏と結婚して、杉並区和田堀の妙法寺境内で暮らしていた。すでに白山南天堂の狂騒時代は過ぎ、友人の友谷静栄と出したリーフレット型の詩集「二人」も三号で終わっていた。

林芙美子は生田花世に連れられて長谷川時雨と会い、持っていた詩「黍畑」を創刊二号に採用してもらうことができた。さらに四号（十月号）に日記から書きぬいた「秋が来たんだ」が載ると、好評を博したので、また別の面白そうなところを清書して出した。「日記が転々と飛びますが、その月の雑誌にしっくりしたものを抜いて書いておりますので、後日は、一冊の本にするときもありましたならば、順序よくまとめて出したいと思っております」（「女人藝術」二巻四号）

こんなふうに一九三〇（昭和五）年十月まで、断続的に二十回連載することになった。一九二九年（昭和四）年六月、友人松下文子が五十円を援助してくれ、処女詩集『蒼馬を見たり』を南宋書院から上梓した。さらにある日、改造社の編集者が来て「九州炭坑街放浪記」を当時の最高峰の雑誌「改造」に書くように求めた。そのとき貧乏だった芙美子は浴衣一枚もなく、赤い海水着を着て応接したという。「二ケ月は遊んで暮らせるほどの稿料を貰いました」（『文学的自叙伝』）

翌一九三〇年一月には、台湾総督府の招待で「女人藝術」の仲間と台湾旅行に行き、紀行文を「改造」などに発表した。このとき望月百合子なども行っている。「女人藝術」の一、二、三月号に連載がないのは、この旅行と事後の執筆のためと思われる。

そして七月、「九州炭坑街放浪記」を序文につけて、二十回分のうち十四回分の連載をまとめた『放浪記』が改造社新鋭文学叢書の一冊として刊行されると、「一人でも沢山の方が読んで下さいましたら、うれしうございます」（「女人藝術」三巻六号）と著者が願った通り、ベストセラーとなった。まさに「朝目が覚めると有名になっていた」というイギリスの詩人、バイロンではないが、林芙美子も無名のアナキスト系の詩人から一躍有名作家になった。残りの六回分は『続放浪記』として、間をおかず同じ年の十一月に刊行された。『放浪記』は正・続合わせて五十万部売れたという。

芙美子はまだ二十七歳だった。

雑誌初出と改造社版『放浪記』の異同

改造社版『放浪記』は「女人藝術」の連載順を変えているが、それだけではない。例えば、連載第一回の「秋が来たんだ」を見ると、「住込」↓「住込み」、「寝たいね」↓「寝たいわね」、「馬鹿らしい真平だよ」↓「馬鹿らしい事は真平だよ」、「おかしいものだね」↓「をかしなものさね」と訂正されている。助詞を補ったりして、文章の効果を上げている。改良と言えるだろう。また、真実に「ほんと」、閑古鳥に「ひとりぼっち」、逃走るに「にげる」、情熱に「こころ」、と芙美子は漢字に独特なルビを振っている。これも面白い。

しかし芙美子は日付や数字はどうでも良いらしい。「島の男から手紙をもらってから七年」というのは、せいぜい二年がいいところ、「大阪に五年住んだ」「尾道に七年いた」「二人」を五号くらいでやめ」「野村とは二年ほどして別れた」など、すべてオーバーで、話を盛る癖がある。現実をドラマ化する力があるということでもあり、これでいいのかもしれないが、順番や日付をいくら調べても仕方ない。フィクションと考えたほうがよい。

パリへそして従軍作家へ

一躍、有名作家になった芙美子、その後の彼女の歩みを簡単に拾っておく。

一九三一（昭和六）『風琴と魚の町』『清貧の書』を発表。十一月、シベリア経由でパリへ。夫のいる芙美子は画家の外山《とやま》五郎を追いかけていったものと思われる。

一九三二（昭和七）一月、ロンドンへ行く。パリに戻る。過労と栄養不足で一時目が見えなくなる。あちこちにパリ滞在記を書く。森本六爾《ろくじ》や別府貫一郎と交際、また建築家白井晟一《せいいち》と数日の旅に出るが、残した夫を思って別れる。六月、帰京。

一九三五（昭和十）『放浪記』最初の映画化。

一九三六（昭和十一）　十月、満州、中国へ。

一九三七（昭和十二）　六月、改造社より『林芙美子選集』全七巻の刊行がはじまる。第一回配本の第五巻が『放浪記』。十二月、毎日新聞従軍特派員として陥落した南京へ。

一九三八（昭和十三）　七月、中央公論社より『林芙美子長編小説全集』全八巻の刊行がはじまる。九月、ペン部隊の一員になり、陥落した漢口に従軍作家として一番乗り。

一九三九（昭和十四）　十一月、新潮社より、『決定版　放浪記』を出す。「今度決定版として出版するにあたり、不備だつたところを思い切り私は書き直してみた」

一九四一（昭和十六）　八月、淀橋区下落合に新居を建てて移る。九月、大佛《おさらぎ》次郎、佐多稲子らと満州慰問。

一九四二（昭和十七）　十月、陸軍報道部の徴用に応じ、ベトナム、シンガポール、ジャワ、ボルネオ、スマトラなど南方を視察。


と毎年のように長い旅に出ている。旅は癖のようなものであった。

しかし弱い者の視点を持ち、一九三三年、共産党にカンパしたとして治安維持法で中野署に九日間拘留され、取り調べを受けた林芙美子は、時局の中で戦争に加担していき、従軍作家になってしまう。当時、ほとんどの作家がそうだった、という免責の仕方もあるが、私はこのことには批判的である。

改造社版と新潮文庫版の違い

私は改造社版とずっと読みついできた新潮文庫版を比較してみた。一番最初の「淫売婦と飯屋」に、林芙美子が施した校正を、書き込んでみる。校正のパターンは主に以下のとおりである。

・改行をへらし追い込みにする。これにより、一行ごとの意味のある詩のようなつぶやきが消えた。
・会話にはカギカッコをつける。
・現在形を過去形にする。今のことではない、という強調。
・語尾を「だ」から「である」にする。感じだ↓感じである
・回顧調にする。習つた↓習ったものであった
・なまな文章は削る。「私は雑種でチヤボである」「やかましいね！　沈黙《だま》つてろ！」「やい白状しろ」「死んだ方がましだ」「どうにでもなれツ！」などは削除。
・なまな表現を直す。ゼントリヨウヱンなので↓仲々大変なことなので　ワツハワツハ井戸つるべ↓込み上げてくる波のような
・丁寧語、敬語に変える。お前↓あなた　来た↓見えた

奥《おく》さんは野《の》そだちなだけに、眠《ねむ》つたやうな女《をんな》だつたが、こゝの家《うち》では、一番《ばん》好《す》きだつた。

十二月×日

いゝひまが出《で》る。

行《ゆ》くところもない。

大《おほ》きな風呂敷包《ふろしきづつ》みを持《も》つて、汽車道《きしやみち》の上《うへ》に架《か》ゝつた陸橋《りくはし》の上《うへ》で、貰《もら》つた紙《かみ》を開《ひら》いて見《み》たら、たつた貳圓《にえん》はいつてゐた。

二週間《しうかん》あまり居《ゐ》て、金貳圓也《きんにえんなり》、足《あし》の先《さき》から、血《ち》があがるやうな思《おも》ひだつた。

ブラブラ大《おほ》きな風呂敷包《ふろしきづつ》みをさげて歩《ある》いてゐると、ザラザラした氣持《きも》ちで、何《なに》もかも投《な》げ出《だ》したくなつた。間代《まだい》も拂《はら》つて、やれやれと住《す》み込《こ》むと、二週間《しうかん》でお拂《はら》ひばこだ。

蒼《あを》い瓦葺《かはらぶ》きの文化住宅《ぶんくわぢうたく》の貸家《かしや》があつた。

庭《には》が廣《ひろ》くて、ガラス窓《まど》が十二月《ぐわつ》の風《かぜ》にキラキラ光《ひか》つてゐた。

休《やす》んでゆかうかな。

校正の例1　「淫売婦と飯屋」より

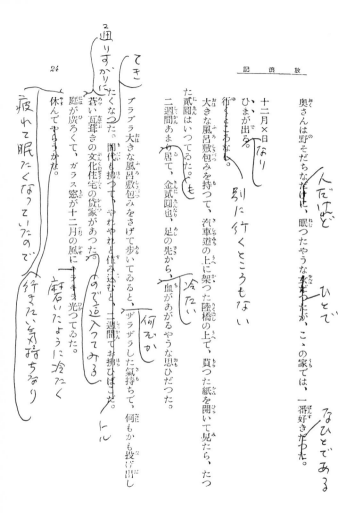

・過激な言い回しを温和にする。どす黒い↓煤けて暗い
・オノマトペを取る。涙がポタポタ↓涙がむしょうに
私はペシヤペシヤに座つて↓私は疲れて
くツくツ涙をこぼし↓子供のように涙をこぼし
・助詞を補って文章を整える。指取つた↓指を取った
・「が」を「けれど」に替える。大嫌ひなんだが↓なのだけれど
・方言を標準語に改める。八方塞りぢやで↓八方塞がりだからね
・「なり」をつける。ひまが出る↓ひまが出るなり
・より明確な説明を増やす。七度きりきり舞ひさせられて↓七度学校を変わって
おいとこさうだよの唄にも花が咲く↓流行歌のおいとこそうだよの唄が流行っていた
・治安維持法などにひっかかりそうな思想的な表現は削除。「花が咲きたいんぢやなく
強権者が花を咲かせるのです」など。
・「ですます」調への変更。「白いおまんまが食へさうもないね」↓「白いご飯が食えそ
うにもありません」
米をサクサク洗つた↓洗つてみたのです
バクレツダンを投げてやりたい気持ちだ↓気持ちなのです

こうして、当初の、二十歳そこそこの、どん底の女の野生的な詩情やずぶとい開き直りは消えてしまった。

「ヘヱ！ 街はクリスマスでござんすとよ」という階級的憎悪に満ちた悪罵が、「へェ、街はクリスマスでございますか」とちょっとだけ拗《す》ねた表現になる。

男と別れる修羅場

もう一箇所、田辺若男と別れるくだり「百面相」では、改造社版がどう変更されているか、書き込んでみた（二九三頁）。「お前」が「あなた」、「冷い接吻はまつぴらだよ」が「まっぴらなのよ」となり、乱暴に男の体を押しのける「どいておくれよッ！」を削除することで、過激な別れのシーンがどんなに穏健なものになってしまっているか、よくわかる。

田辺が出て行った後、芙美子は神田のカフェ勤めから深夜に帰る上野山下が怖くて、たちつくす。「山下を通る人があったら、道連れになつてもらほう……私はぼんやり広小路を見た」という切羽詰まった文章が、「どんな人でもいいから、道連れになってくれる人はいないかと私はぼんやり広小路の方を見ていた」というよほど余裕のあるものとなってしまう。

そこへはっぴ姿の職人が自転車で通り過ぎる。「貴方は八重垣町の方へいらつしやるんぢゃあないですかッ!」。その後の「私は叫んだ」が「大きい声でたづねてみた」になるとよほど臨場感は失せてくる。そして「よかったら自転車にお乗んなさい」と言われ、「サメザメと涙をこぼした」とあるのが「ふと自分が可笑しくなって涙をこぼしている」と直してあるのだが、地獄で仏の芙美子に「可笑しくなる」余裕はありはしまい。三十代半ばになった人気作家の林芙美子は二十歳、青春真っ只中の自分を改ざんしたのである。

原『放浪記』が一生に一度しか書けない進行形の「青春彷徨の書」なら——いや「青春咆哮の書」かもしれないが——、一方、今流布している『放浪記』は「成功者の自伝」になっている。「こんな私でも大変な時もあったのよ」と。

芙美子の放浪はそんなに続かなかった。男性遍歴は一九二六年に、本郷大和館にいた画学生、手塚緑敏と一緒になって終息する。もちろんその後もフランスでのアバンチュールなどはあっただろうが、芙美子は必ず緑敏の元に帰ってきた。パリから夫に宛てた手紙は無防備で、お互いが信頼しあっていることがよくわかる。芙美子は「君も勉強することだ」などと書き、姉が弟に出した手紙のようだ。

戦後の芙美子

そして戦時中、従軍作家として戦争に協力した芙美子は、はっきりした自己批判もしり舞《ま》ひをしてしまふだらう。

お前《まへ》は高《たか》が芝居者《しばゐもの》ぢやあないか。インテリゲンチヤのたいこもちになつて、我々同志《われくどうし》よ！　もみつともない。

私《わたし》はもうお前《まへ》にはおいそがつきてしまつた。

お前《まへ》さんのその黒《くろ》い鞄《かばん》には、二千圓の貯金帳《ちよきんちやう》と、戀文《こひぶみ》が出《で》たがつて、兩手《りやうて》を差出《さしだ》してゐたよ。

「俺《おれ》はもうぢき食《く》へなくなる。誰《たれ》かの一座《ざ》にでもはいればいゝけど……俺《おれ》には俺《おれ》の節操《せつさう》があるし。」

私《わたし》は男《をとこ》にとても甘《あま》い女《をんな》です。

その言葉《ことば》を聞《き》くと、サンサンと涙《なみだ》をこぼして、では街《まち》に出《で》ませうか。

そして私《わたし》は此《この》四五日《にち》、働《はたら》く家《いへ》をみつけに、魚《さかな》の腸《はらわた》のやうに疲《つか》れては歸《かへ》つて來《き》てゐたのに……

此嘘《このうそ》つき男《をとこ》メ！　私《わたし》はいつもお前《まへ》が要心《えうじん》して鍵《かぎ》を掛《か》けてゐるその鞄《かばん》を、昨夜《ゆふべ》そつと覗《のぞ》いてみたのだよ。

二千圓《ゑん》の金額《きんがく》は、お前《まへ》さんが我々《われく》プロレタリアと言《い》つてゐる程少《ほどすくな》くもなからう。

私《わたし》はあんなに美《うつく》しい涙《なみだ》を流《なが》したのが莫迦《ばか》らしくなつた。

校正の例2　「百面相」より

ないまま、今度は戦争で夫を失った未亡人などを多く小説に描いてベストセラーになる。戦争詩を書いた高村光太郎が、花巻の小屋に自己流謫《るたく》していくつかの冬を越したのとは対照的である。

一九四七年は十一冊、四十八年は十冊の新刊が出た。一九四七年には現在の新潮文庫の原型となる『放浪記』が出、「日本小説」に「放浪記第三部」を連載、翌年、留女書店から刊行された。連載、単発原稿の注文は引きも切らず、芙美子は書きに書いた。出入りした人々から「机をグイグイ押しながら描くので、しまいに机が壁にぶつかって止まった」と聞いたことがある。子供のない夫妻は泰という養子をもらい、大事に育てた。芙美子は子供のために毛糸を編み、割烹着《かっぽうぎ》を着て台所に立った。またそうした振る舞いを取材させ、幸福な家族、幸福な自分を演出してみせた。

しかし、緑敏は画家としては成功しなかった。芙美子のそばにとどまり、その世話を焼く人として終始した。私は、中落合の家を建てた大工さんの話を聞いたことがあるが、彼は「夫の緑敏さんは妻を先生と呼び、マネージャーみたいだったね」と言っていた。妻を長期の外国旅行に出した夫、表現者の妻を支えた夫として、この人のことはもっと知りたい。ある編集者だった人からは「検印のために林邸に行ったが、手塚さんの検印の押し方は手馴れていてものすごく速かった」と聞いた。

その売れっ子作家生活の最中、一九五一年六月二十八日、雑誌の取材で銀座の「いわしや」に行った後、林芙美子は心臓麻痺により絶命した。享年四十七歳。その時の写真を見ると、顔もむくみ、疲れているように感じられる。働くことが大好きだった芙美子だが、これは過労死とも言えた。告別式の葬儀委員長は懇意だった川端康成がつとめた。

夫の手塚緑敏は芙美子の葬儀を行い、自宅や遺品をすべて区に寄付するよう見事な遺言を残して逝った。養子の泰はそれより早く事故がもとで十八歳で亡くなった。そして緑敏のあとを芙美子の姪《めい》福江が引き継ぎ、現在中井の家は新宿区立林芙美子記念館として公開され、貴重な資料は新宿歴史博物館に保管されている。

おわりに

しゃっちょこだっても、こんなの絶対書けない、と感服するしかない作品がある。樋口一葉『たけくらべ』、金子文子『何が私をこうさせたか』、そして林芙美子『放浪記』はその最たるものだ。

後ろ盾もなく、お金もなく、保証人もなく、十九歳で裸一貫、東京に出てきて、芙美子はどんな目にあったのだろう。それは思い出したくもない、貧乏な、次々男たちに裏切られた数年だったに違いない。

それはそれとして、この『放浪記』の時代の、若い芙美子の健やかな食欲、向上心（上昇意欲）、女同士の助け合い、強い自立心には目を見張らされる。励まされる。

いま、これほど豊かになった社会の中で、若い人たちがこんなに生きづらさを感じるのはなぜなのか。確かに、バブル崩壊から就職氷河期に入り、親方日の丸の高度成長期は終わりを告げ、日本人の収入は下降線をたどってはいる。それでも働けば食べられないほどではない。

しかし、子供の頃から偏差値で選別され、本来の輝きを失っている人、就職氷河期で正規の仕事につけないままいる人、本意ではないが安定した仕事を辞められない人、一流企業の正社員というプライドや待遇を捨てられない人も多い。社会ではすべて管理され、同調圧力の中で言いたいことが言えない。こんな「豪華な地獄」より、貧しさをぶつけ合いながらお互い助け合って生きていた芙美子の時代のほうがいっそ健やかな気もする。

こういうことを書くと、「それは林芙美子のような天与の才能を持った人にしか許されない生き方だ」とか、「成功したから貧乏時代をネタにしたのでしょ」という反論が必ず来る。それは自分の人生を主体的に作らないエクスキューズではないだろうか。収入は少なくても、自分の道を見つけたい、と真摯に考える人に、林芙美子の『放浪記』は効く。彼女はいつも「いい仕事をしよう」と自分に声をかけつづけた。思い切り社会に、国家に、金持ちに、世襲政治家に、既得権で生きる人たちに罵詈雑言《ばりぞうごん》を浴びせるのもいいかもしれない。

最後に、資料の上で助力をいただいた新宿歴史博物館のみなさま、そして丁寧に編集をしてくださった集英社文庫の半澤雅弘さんに感謝します。

二〇二〇年四月八日

森まゆみ

参考文献

田辺若男『俳優　舞台生活五十年』春秋社、一九六〇年
平林たい子『林芙美子』新潮社、一九六九年
清水英子『林芙美子・ゆきゆきて「放浪記」』新人物往来社、一九九八年
林芙美子「文学的自叙伝」『林芙美子随筆集』所収、岩波文庫、二〇〇三年
今川英子編『林芙美子　巴里の恋』中公文庫、二〇〇四年
廣畑研二校訂『林芙美子　放浪記　復元版』論創社、二〇一二年

編集付記

本書は林芙美子『放浪記　新鋭文学叢書』（改造社、一九三〇年七月）を底本としています。

原則として漢字は新字体を使用し、かなづかい、おどり字等は原文どおりにしています。誤記、誤植が疑われる箇所も原則として原文表記のまま残しました。ルビは読みやすさを考慮し現代仮名遣いにしています。

本作品には、一部不適切と思われる表現や用語が含まれておりますが、故人である作家独自の表現性と作品が発表された時代性を考慮し、原文のままといたしました。

（集英社文庫編集部）

本書は、二〇〇四年二月、みすず書房より刊行された『林芙美子放浪記』を文庫化にあたり、『森まゆみと読む　林芙美子「放浪記」』と改題し、加筆・修正し再編集したものです。

本文デザイン／小川恵子（瀬戸内デザイン）
写真提供／新宿歴史博物館

集英社文庫
森まゆみの本

『青鞜』の冒険
女が集まって雑誌を
つくるということ

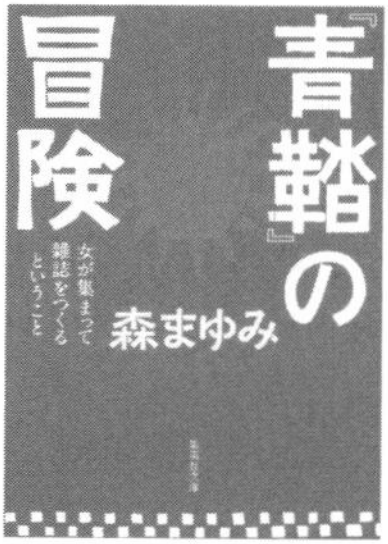

雑誌『青鞜』の創刊から終刊までを追った評論。編集という観点から分析し、平塚らいてうらの等身大の姿を浮き彫りにする。第24回紫式部文学賞受賞作。